O atirador de ideias

O atirador de ideias

Adilson Xavier

CIP-BRASIL. CATALOGAÇÃO-NA-FONTE
SINDICATO NACIONAL DOS EDITORES DE LIVROS, RJ.

X32a

Xavier, Adilson, 1955-
E. O atirador de ideias / Adilson Xavier. — Rio de Janeiro:
BestSeller, 2010.

ISBN 978-85-7684-389-4

1. Romance brasileiro. I. Título.

10-0530

CDD: 869.93
CDU: 821.134.2(81)-3

Texto revisado segundo o novo Acordo Ortográfico da Língua Portuguesa.

Título original
E. O ATIRADOR DE IDEIAS
Copyright © 2009 by Adilson Leão Flores Xavier

Arte da capa: Cristina Amorim
Foto da capa: Keydisc/Ricardo Cunha
Finalização da capa: Sense Design
Editoração eletrônica: FA Editoração

Todos os direitos reservados. Proibida a reprodução,
no todo ou em parte, sem autorização prévia por escrito da editora,
sejam quais forem os meios empregados.

Direitos exclusivos de publicação em língua portuguesa para o Brasil
adquiridos pela
EDITORA BEST SELLER LTDA.
Rua Argentina, 171, São Cristóvão
Rio de Janeiro, RJ — 20921-380
que se reserva a propriedade literária desta tradução.

Impresso no Brasil

ISBN 978-85-7684-389-4

Seja um leitor preferencial Record.
Cadastre-se e receba informações sobre nossos lançamentos
e nossas promoções

Atendimento e venda direta ao leitor
mdireto@record.com.br ou (21) 2585-2002

Aos Josés.

"Tenha confiança. Conte com as circunstâncias, que também são fadas. Conte mais com o imprevisto. O imprevisto é uma espécie de deus avulso. Pode ter voto decisivo na assembleia dos acontecimentos."

Machado de Assis

VINTE E MEIO

Plankt! Sacudo. Luzes do além se aproximam. Onde foram parar meus óculos escuros? Custaram os olhos da cara, e agora que mais preciso deles... Alguém apaga esse sol, por favor! Tudo fora de foco. Só pode ter sido um raio, coice, trem... Peraí. Ouço vozes. Não fazem o menor sentido. E um pi-pi-pi agudo, que nem essa dor no peito. Êpa, uma frase: "Ele voltou!" Voz de mulher. Tem algumas girando ao meu redor, não sei quantas, todas de branco. Serão anjos? Ou virgens dessas que os homens-bomba acham que vão ganhar de presente depois de mandarem um monte pro inferno? Não, tadinho de mim. Oh, cabeça, vai embora não! A imagem começa a fugir de novo, o som vai se afastando. Pi-pi-piiiiiiiii. Caraca! De onde veio esse animal que me apertou o peito? Quer me esmagar, desgraçado? Fisgada no braço, espetaram alguma coisa. Pi-pi-pi, a trilha sonora voltou ao ritmo de antes, e o vozerio correndo solto: pressão, batimentos, cuidado, temperatura. Agora vozes masculinas engrossam o coro. Deve ter sido um desses que quase me quebrou as costelas. Dói tudo, muito, alguma coisa tá quebrada, várias coisas, só pode ser. Gosto de sangue na boca. Argh! Enjoo. Ô frio danado! Começaram a tirar minha roupa. Tomara que sejam as meninas. Minhas babás. Vem cuidar do seu bebezinho, vem. Estou exausto, sem força pra nada. Pi-pi-pi. Esse sonzinho é um saco. Tô parecendo o cara que o Graciliano Ramos... Como é mesmo o nome do conto? Ok, já lembrei o autor. Dor demais pra lembrar outras coisas. Meu olho embaçou, acho que vou dormir. Ou morrer. Dizem que, quando a gente tá no fim, a vida passa como um filme. Prefiro que seja um livro, leva mais tempo. Silêncio! Vai começar a sessão, quer dizer, a leitura, espero.

EXPLICAÇÃO DESNECESSÁRIA

Como toda história, esta terminará com um ponto final. Mas ainda é cedo, mal começamos. Talvez o ponto final, que virá muitas páginas depois, nem seja exatamente final. Você terá o direito de finalizar como quiser, reticenciar se achar conveniente. Só não vai escapar da tarefa de imaginar. Porque essa é a ideia da história.

UM

Nosso personagem central é uma pessoa comum. Você pode ter passado por ele algumas vezes, ouvido falar dele várias vezes, talvez até conversado com ele, mas provavelmente nenhum registro ficou desses acontecimentos. Ele é comum demais para ser notado, e beira o absurdo tê-lo como personagem principal de uma história, o que só acontece neste livro pelo paradoxo de ser exatamente essa extrema comunice o fator que, a princípio, o torna incomum. Tão comumente incomum quanto qualquer outra pessoa que traz escondidas em seu íntimo espetacularidades insuspeitáveis.

Vamos encontrá-lo num momento iluminado de sua vida. É aquele sujeito ali, de bermuda clara e t-shirt azul parado na esquina da Ataulfo de Paiva com a Aristides Espínola, admirando a sinalização com o nome da rua como se fosse um asteroide recém-caído.

Algum passante poderia interpretar sua expressão boquiaberta como devoção ao rock dos anos oitenta, que popularizou aquele ponto como a Esquina do Ridículo. Por ali, Cazuza e outros astros da época se reuniam depois dos shows, na Pizzaria Guanabara, no Real Astória ou no Diagonal, para liberar sua irreverência criativa e encenar loucuras, como invasões de discos voadores com rodelas de chope e coisas do gênero. Mas a comuníssima figura mesmerizada na lendária esquina não combina com esse tipo de conhecimento. É simples demais.

Nada acontece além de ser essa a primeira vez que vê seu nome numa placa de rua. Precisava acontecer mais alguma coisa? Logo no Rio de Janeiro, e logo no bairro do Leblon, tão distante de sua realidade social que nem seus sonhos mais ousados conseguiriam trazê-lo até este ponto, digamos assim, próximo do culminante.

José Espínola dos Santos. Homem de estatura mediana, magro sem ser esquelético, pele branca amarronzada, quase mulato, cabelos crespos sempre cortados tão baixinho que nunca precisaram de um pente, e cara de povo. Quando os políticos se referem ao povo brasileiro, é exatamente a sua cara que eles têm em mente.

Não é forte, não é elegante, não tem qualquer charme especial, não aparenta inteligência, não é sexy nem engraçado. Só o segundo nome — Espínola — sinaliza discretamente alguma resistência contra sua sina de imperceptibilidade. Foi escolha de seu pai, Agenor dos Santos, dono de um pequeno boteco numa pequeníssima cidade da Bahia, que imaginou para o filho o mesmo que imaginava para si: fazer algo marcante na vida.

Naquela cidade escondida do mundo, Espínola passou seus primeiros anos de vida, procurando, sem sucesso, alguma explicação para a origem do estranho segundo nome. Desestimulada pelas infrutíferas buscas, sua curiosidade tendeu à acomodação, arrefecendo lenta e gradativamente à medida que o amadurecimento ia lhe mostrando que nem tudo na vida precisa fazer sentido, já que nem a própria vida costuma fazer tanta questão de se explicar.

A mãe, Zulmira, fez promessa a São José de lhe prestar homenagem se levasse a bom termo sua gravidez turbulenta. Dizia, em defesa de sua devoção, que José era santo aquietado, sem grandes atos de heroísmo, santificara-se em sua modesta vidinha de marido e pai. Não era como um São Sebastião, por exemplo, que teve de ser todo flechado para tirar sua carteirinha de santo. Era apenas trabalhador, carpinteiro e tão discreto que, por pouco, não fica fora da Bíblia.

A despeito de todas as justificativas maternais e canônicas para o nome do filho, Zulmira teve de negociar muito com o marido.

Inconformado em colocar mais um José dos Santos no mundo — só ele conhecia uns cinco com esse nome —, Agenor sentenciou: "**Já que tu te comprometeu com o santo, eu aceito. Mas coloca um Espínola aí no meio.**" Podia ser qualquer outro nome para cumprir o papel de diferenciador: Austregésilo, Temístocles, Sófocles, Eisenhower, Toshiro... Montgomery Cliff, por exemplo, era um nome que o impressionava havia muito tempo, com possibilidade de fornecer tanto Montgomery quanto Cliff isoladamente para atender a seu plano, mas o homem encasquetou com Espínola, sem quê nem porquê. E assim foi feito. Dona Zulmira, cujo nome de solteira — Silva — não lhe dava grande poder de barganha, resistiu o quanto pôde, mas derreou. "Que seja, Agenor: José Espínola dos Santos. Tá feliz agora? Mania de querer esquisitar os nome..."

Agenor falava em negrito.

Além da voz tonitruante de barítono dos antigos coros da igreja, nos quais mais de uma vez chegou a ser comparado com Caymmi, expressava-se com a ênfase convicta dos que desestimulam qualquer possível oposição. Frequentemente dava a impressão de ser dublado, como se algum espírito superior utilizasse seus movimentos labiais para transmitir mensagens de sabedoria. Muitos enxergavam nele o poder místico dos captadores de revelações celestiais. Circulava até uma versão de que ele teria sido um dos raríssimos casos de bebês que choram antes de nascer, como que anunciando desde a vida intrauterina sua capacidade de enxergar e ouvir coisas que escapam à maioria dos mortais. Mas isso era só à boca miúda. No geral, as pessoas guardavam para si essas opiniões superlativas, temendo ser expostas ao ridículo.

Agenor era um homem marcado pela vida. Seus olhos, emoldurados por gritantes olheiras, sinalizavam o tanto que testemunharam e o quanto gostariam de contar. Misterioso em muitos aspectos, pensador rude que oscilava entre o profundo e o simplório, chegou a desenvolver uma tese filosófica, um tanto tosca, mas com algum fundamento, baseada na força do imprevisível.

Segundo pregava, tudo na vida é uma possibilidade. Pessoas são possibilidades, ideias são possibilidades. Mas as possibilidades são sempre inibidas, questionadas e restringidas pelas probabilidades, criando um estado de permanente tensão entre o que é possível e o que é improvável. O fator de desequilíbrio entre essas duas forças conflitantes seria a imprevisibilidade. Nela, estaria depositada a emoção de tudo que fazemos.

Explicava mais ou menos assim: "**Um jogo de futebol, luta de boxe, qualquer esporte, só é emocionante porque algum troço que ninguém contava que acontecesse sempre pode acontecer. O David lá da Bíblia, por exemplo, ficou famoso porque nenhum daqueles cabra que tava em volta esperava que ele derrubasse o gigante Golias com uma pedrada besta daquela.**

E o Fio Maravilha, o que jogou no Flamengo? Fazia cada jogada doida que só dando risada. Mas funcionava. O imprevisível aumenta as chances do possível, às vezes torna possível o que a maioria acha impossível. Por isso, ele é inimigo do provável e do improvável, que são o que tem de mais racional na cabeça duma pessoa."

Seus interlocutores não conseguiam entender muito bem as explicações, mas a convicção do expositor era tanta que eles acabavam achando que o raciocínio fazia algum sentido. A frequente citação de Fio Maravilha, jogador de futebol cuja imprevisibilidade vencera as mais diversas improbabilidades físicas e técnicas, fez com que a tese de Agenor ficasse conhecida como

"Filosofia Maravilha". Ali, na reincidência do exemplo futebolístico, manifestava-se outra importante crença: a da predestinação dos nomes.

Agenor insistia em que o estranho nome "Fio" era um dos fatores decisivos para que aquele jogador se tornasse um ídolo, homenageado até por música de Jorge Ben Jor. Se ele tivesse um nome mais previsível, garantia Agenor, seu sucesso seria muito menos provável.

Até aquela alvissareira manhã de primavera em que a rua Aristides Espínola lhe sorriu, os planos do papai Agenor não estavam funcionando nem em causa própria nem a favor do filho. Todos conheciam o rapaz como José dos Santos, Zé dos Santos, Zezinho, Zeca ou Zequinha para os mais íntimos. E o Espínola se dissipou no tempo, poucas vezes vindo à tona, e mesmo assim, nessas raras oportunidades, reduzido a um discreto "E.", quando algum documento exigia o nome completo não necessariamente por extenso. O segundo nome, solenemente imposto por seu Agenor, não resistiu aos trocadilhos infames dos colegas da escola primária, que o associavam à espínola dorsal, à espínola de São Paulo apóstolo e a outras bobagens. A profética intenção original desabou mortalmente atingida por uma rajada de piadas sem graça.

Sobre as estratégias formuladas pelo pai sonhador, pairava uma espécie de maldição. O boteco, que ele planejava transformar em armazém, nunca se desenvolveu, fustigado de forma inclemente por uma vendinha com maior sortimento de mercadorias que abriu do outro lado da rua e que rapidamente se alçou ao status de quase minimercado. A prole, que ele sonhava numerosa, frustrou-se com a morte do segundo filho, vítima de uma estúpida disenteria aos dois anos, e com a tragédia da terceira gravidez que lhe tomou, de uma só vez, a possibilidade de mais um filho e a vida da fiel companheira. Como São José não resolveu o problema do segundo menino, ouviram-se na cidade rumores de que dona Zulmira fizera promessa para outro santo, o que teria provocado algum mal-estar diplomático no céu, que culminou deixando-a ao desamparo. Havia controvérsias quanto ao nome do santo provocador da discórdia, mas ficou a lenda. Coisas de cidade minúscula, onde tudo falta, inclusive assunto.

Passando ao largo das místicas especulações comunitárias, um fato restava incontestável: Agenor e o pequeno Zequinha, em plena euforia pela iminente ampliação da família, de um só golpe, passaram a ter apenas um ao outro. Aquela brusca reversão de expectativa, somada à sensação de múltiplas perdas, deixou em ambos uma ferida tão profunda que, ao cicatrizar, fundiu duas almas em uma. Para Agenor, a mais dolorosa frustração. Para José, o primeiro grande desacontecimento.

Desde então, Agenor decidiu esquecer-se de si e concentrar seus planos exclusivamente no menino, cujo destino estava por ele decretado e resumido em "ser alguém".

Os recursos provenientes do boteco, cada vez mais escassos sob o açoite do concorrente frontal, eram quase todos investidos na educação de Zequinha. Mas a cidade não ajudava. A única escola disponível era tão precária que doía.

Mudar para Salvador, muito arriscado. Rio de Janeiro ou São Paulo, risco exponencialmente aumentado. O jeito era ficar firme ali, como náufrago agarrado ao pedaço de casco, juntando dinheiro para que um dia o jovem Espínola pudesse, com maior chance de êxito, aventurar-se na cidade grande. Enquanto isso não acontecia, Agenor participava ativamente do processo de educação do garoto. Todas as noites viam televisão juntos, comentavam os programas, debatiam os jogos de futebol, tiravam conclusões sobre o noticiário, extraíam lições de novelas e filmes, conversavam sobre os mais variados temas e, em meio ao turbilhão de assuntos abordados, fluíam os conselhos paternos e as pílulas de sabedoria disfarçados de bate-papo.

Consciente da insuficiência desses contatos de fundo televisivo, Agenor se esforçava para presentear o menino com os raros livros possíveis. Fracasso. O desinteresse pela leitura superava em muito os esforços paternos. Nada parecia evoluir, José não se destacava nem intelectual nem fisicamente. Ia mal nas provas, não revelava qualquer aptidão para esportes, ficava entre os últimos até nas corridas de saco e danças das cadeiras.

Tendo o pequeno Espínola completado onze anos, vencido pelas evidências, o comandante pediu reforços. Decidiu pagar aulas particulares à conceituada professora, dona Nerinha, derradeiro esforço pela realização de seu único sonho sobrevivente.

Dona Nerinha e seu Agenor tinham em comum o fato de não pertencerem àquele lugar. Eram maiores do que a acanhada cidade, pensavam mais longe. A diferença era que ela se realizava ali, em jornada dupla — pela manhã, na escola; à tarde, de casa em casa — imbuída da missão de ampliar as possibilidades de seus alunos, a quem tratava como filhos. Missão, palavra perfeita para aquela mineira de Belo Horizonte, bem instruída, que se embrenhou pelo interior da Bahia — desconfiava-se que fugindo de algo, ninguém se atrevia a arriscar de quê — e se alimentava com a contribuição que podia dar à cultura dos menos favorecidos. Agenor, por outro lado, debatia-se secretamente para não afundar na areia movediça de seus planos abortados. Vivia em permanente estado de purgatório, alimentado por uma vaga ideia do que seria o paraíso — um lugar sobre o qual tinha uma única certeza: ficava longe dali.

DOIS

Todas as terças e quintas, pontualmente às quatro da tarde, o boteco de Agenor se iluminava com a chegada da professora com seus livros debaixo do braço. Zequinha rapidamente largava o que estivesse fazendo no balcão em que auxiliava o pai no atendimento aos clientes, e partia feliz para sua casa nos fundos do boteco, orgulhosamente escoltado por seu anjo da guarda cultural. Nas terças, História, Geografia e Ciências se alternavam. Nas quintas, Português e Matemática.

As aulas não tinham o rigor formal do velho didatismo dominante nas escolas da região. Em geral, fluíam como um papo agradável que buscava no cotidiano os ganchos para as matérias, fator que as tornava sempre mais atraentes e relevantes, e as penalizava com algumas flutuações de foco.

— Olhe pela janela, Zequinha. O que você vê?

— Vejo as coisa de sempre, ué. As árvore, meu abacateiro, o céu, a casa da vizinha...

— Só isso? Não tem nada voando?

— Ah, tem os passarinho.

— Bom. Primeiro, vamos colocar "s" nas árvoressss e nos passarinhossss, tá bom? Agora, vamos falar um pouco mais sobre eles. O que as árvores e os passarinhos têm em comum?

— Ah, é nas árvore... nas árvoresss... que eles fazem ninho.

— Muito bem. As árvores abrigam os pássaros, e também nos dão sombra. E o que mais?

— Deixa eu ver... é bonito.

— Elas purificam o ar, equilibram o clima... Isso é muito importante para nós e pro nosso planeta. Mas eu gostei desse ponto que você destacou: a beleza. O que você acha mais bonito?

— É quando fica cheio de passarinho na árvore, tudo cantando, fazendo alvoroço.

— Tem razão, Zequinha. É lindo mesmo.

— E tem as cor.

— As coressss. Por falar nisso, olha aquele pássaro colorido que vai ali. Parece um periquito.

— É um maracanã.

— Olha que bacana! Você conhece o nome dos pássaros...

— Foi meu pai que ensinou.

— E ele falou mais alguma coisa sobre o maracanã?

— Falou sim. Que maracanã que pia aqui ninguém num ouve. Mas maracanã que pia no Rio de Janeiro fica famoso, e vira nome de estádio.

— E o que você acha que ele quis dizer?

— Acho assim: que coisa importante num acontece nesse fim de mundo... o estádio ficou mais famoso do que o passarinho, painho também falou bem desse jeito. Que só o que acontece na cidade grande interessa pros outro.

— É um ponto de vista forte, perturbador. Teu pai é um homem muito especial.

Essa última observação sobre Agenor saiu atravessada, alterando a voz e a temperatura de dona Nerinha de um jeito tão sutilmente delator quanto o repentino cintilar de seus olhos. José percebeu, mas disfarçou. Deu uma guinada na conversa e acabou entrando na contramão.

— Dona Nerinha, a senhora já foi casada? Tem filho?

Nerinha empalideceu. Fixou o olhar na janela, fingiu não ouvir, deu nova guinada.

— Você tem vontade de conhecer o Maracanã, quer dizer, o estádio, Zequinha?

— Eu tenho, sim, senhora. Queria ver o Flamengo jogando lá. Meu pai diz que um dia a gente vai pro Rio... O que ele diz mesmo é que eu vou pro Rio, mas, pra eu ir, ele tem que ir também, que sozinho eu não me meto a dar passo tão grande.

— Olha lá, o maracanã voou. Tão bonito...

Por mais que o lado lúdico e afetuoso predominasse nas aulas, e ambos sempre dessem o melhor de si, História e Português eram as únicas matérias que realmente importavam no programa — a primeira, pelo fascínio dos nomes que se imortalizaram; a segunda, pelo contato direto com a criatividade. Nenhuma dúvida havia, contudo, sobre o maior poder de excitação desta sobre aquela, um poder muito bem explorado pela habilidosa professora.

A par dos méritos de Nerinha, José considerava o Português como o oposto da Matemática, matéria a que dedicava patológico desprezo — coisa que qualquer maquininha calculadora é capaz de resolver não merece respeito —, e que o catapultava naturalmente em direção às letras. Sua aversão aos números era tamanha que chegava ao cúmulo de sempre escrevê-los por extenso.

As aulas de Português tinham estrutura fixa, mas nunca soavam repetitivas. Dona Nerinha sempre escolhia algum trecho de romance, um conto ou um poema para que o menino lesse em voz alta. Daí a primeira batalha vencida: desabrochou em Zequinha o interesse pela leitura.

Graciliano Ramos e Carlos Drummond de Andrade, idolatrados pela professora, eram habitués naquelas tardes literárias. A partir do texto lido, vinham as interpretações, as reflexões, as circunstâncias de sua autoria, o contexto de vida do autor... uma conversa mágica que desaguava na solicitação de que o, àquela altura, inebriado aluno fizesse uma redação sobre o tema da aula.

Naturalmente, nem tudo eram flores.

Seguindo a regra que se aplica à maioria dos prazeres, o momento da redação tinha sua parcela de dor. Invariavelmente, as palavras fugiam, o sangue afluía ao rosto e o suor esguichava, denunciando o pânico do menino diante do desafio de acrescentar alguma coisa ao quadro tão bem descrito pela professora e tão bem escrito pelos autores que ela selecionava.

Os textos produzidos por ele naquelas incursões de iniciante eram de péssima qualidade, óbvios, confusos, porém nunca desqualificados pela sensível mestra. Ela sabia como ninguém encontrar pontos fortes e garimpar qualidades nos lamaçais de palavras perdidas. Descontava generosamente o fator inibidor de sua presença como elemento de bloqueio criativo, e tinha plena consciência de seu papel na construção da autoestima dos alunos como antídoto contra futuros bloqueios que certamente encontrariam pela vida. Para relaxá-los na hora de enfrentar a redação, dizia-lhes que livros são cartas, poesias são cartas, tudo o que se escreve pode ser considerado carta — *remetente: o autor; destinatário: quem quer que leia sua obra* —, portanto as redações, que eles temiam, nada mais eram do que cartas, simples atos de comunicação. A aguda dificuldade de José levou-a a aplicar a estratégia missivista de forma especialmente literal. Pedia-lhe que escrevesse sobre determinado tema para alguém de quem ele gostasse muito. E o destinatário escolhido era sempre o mesmo: seu pai.

Nem dona Nerinha, nem o jovem Zequinha faziam ideia do significado que essas cartas teriam dali a alguns anos.

Por quatro horas divididas em seus dois encontros semanais, professora e aluno compartilhavam momentos inspiradores, alguns deles protagonizados por reis, rainhas, príncipes, princesas e heróis diversos das páginas da história, e outros — os realmente inesque-cíveis — por magnéticos personagens literários. Tudo se misturava no imaginário, e certamente contribuiu para que Zequinha dos Santos se convencesse de que o protagonismo era uma dádiva celeste, e os sentimentos elevados decorriam naturalmente do status social de nobreza, coisa de sangue azul. Isso talvez explique, na idade adulta, sua convicção de superioridade da monarquia sobre qualquer outra forma de governo.

Perdido em divagações, imaginava-se reassumindo o nome de Espínola na situação de membro da Corte. Nem José nem Santos seriam dignos dos brasões que ostentaria nas concorridas recepções recheadas de rapapés, galhardões e, claro, inefáveis damas.

Ao ler em voz alta seu nome numa placa de rua que lhe soava de alguma forma premonitória, desencadeou-se em sua mente uma revoada de memórias afetivas. Voltaram-lhe os devaneios pueris de Sua Majestade Espínola I e de seu heroico personagem: Espínola, o Grande, capaz de façanhas que ecoariam infinitamente nas lembranças de seus futuros admiradores.

Logo depois de Aristides Espínola, erguia-se como baluarte da realeza a placa de Rainha Guilhermina, rua paralela no traçado do bairro. Nobre coincidência.

Sorriu como criança. Brincar com a retumbância monárquica continuava tão divertido quanto em seus anos baianos.

TRÊS

"Facas são fascinantes. Cortam o ar em finas fatias com suas lâminas polidas, cintilando faíscas que ofuscam e hipnotizam. Como as ideias."

(PERCEPÇÃO BRUTA DE ESPÍNOLA,
LAPIDADA PELO NARRADOR)

— Painho!

— **Que é, filho?**

— Se não tem nenhum Espínola em nossa família, de onde vem o meu nome?

— **Vem da minha cabeça.**

— Mas como ele apareceu na sua cabeça?

— **Ideia, menino. Coisa que estala de repente.**

— Mas assim, sem quê nem porquê?

— **Quê é enrolado de explicar. Mas porquê, tem sim, senhor.**

— E qual é?

— **O porquê é o mesmo dessa gente famosa, que usa nome artístico pra tirar a sem-gracice do nome verdadeiro.**

— Nome artístico?

— É um nome inventado, com arte, que soa bonito e faz a pessoa ficar diferente, mais importante. Os artistas, pra dar um exemplo, quase todos têm um nome na certidão e outro na televisão. João da Silva vira Johnny Silver, e por aí vai. Até esse pessoal que a gente vai ver no circo mexe no nome pra impressionar quem bate palma.

— Então, esse é o porquê?

— Claro. O nome é o porquê da diferença na vida de muita gente.

— Mas e o quê?

— Que quê?

— O quê do sem quê nem porquê?

— Ah, esse quê é que é a ideia.

— E a ideia veio do nada?

— Nenhuma ideia vem do nada. A gente não percebe de onde ela vem, mas sempre vem de algum lugar. Às vezes um pedacinho daqui, outro dali... e vira uma coisa nova.

— Complicado.

— Se preocupe não, filho. Um dia tu entende.

Esse diálogo aconteceu numa tarde de domingo, quando Agenor e Zequinha caminhavam em direção ao Grande Circo Azteca. De grande, só tinha o nome, de azteca tinha a pretensão de internacionalidade, que o estratégico "z" na primeira sílaba tentava endossar. Mas era Circo com "C" maiúsculo, e fazia com que aquela cidade, onde até o ar era demasiadamente parado, se agitasse, se oxigenasse, ao menos uma vez por ano. Sem dúvida, uma das mais gratas lembranças de José.

Sob as luzes do picadeiro, brilhavam os heróis do espetáculo, anunciados pela voz empolada do apresentador. Recordava-se nitidamente de figuras como Luthor, o Mago; Helga, a Princesa Voadora; Igor, o Incrível, e Pena Vermelha, o Cacique Infalível. Em sua cabeça, esses personagens conviviam em pé de igualdade com Alexandre, o Grande; Ivan, o Terrível, e outros consagrados pelos livros de História. José tinha um encantamento especial pelos nomes, muito mais ainda pelos enriquecidos por epíteto.

Mas ninguém se comparava a Pena Vermelha.

Caracterizava-se como índio norte-americano, um apache talvez, pele bronzeada de nascença, cabelos que mais pareciam crinas, obviamente presos em rabo de cavalo, corpo musculoso mas com barriga além da conta a denunciar algum desleixo, mãos grandes bastante calejadas e olhos profundos que se assemelhavam aos de Agenor. Imbuído de seu personagem, ele estalava ameaçadoramente um imenso chicote, semelhante ao de Indiana Jones, com o qual esfacelava canudos de papel empunhados por sua encantadora assistente. A fase do chicote terminava com o canudo na boca da moça e todos pensando no estrago que uma chicotada fora de prumo poderia causar em seu rostinho bonito. Mas era a segunda parte do espetáculo que ficava cravada na retina de todos, quando ele arremessava facas na direção da indefesa jovem presa a uma prancha redonda de madeira. Por vários

29

E. O ATIRADOR DE IDEIAS

anos, o olhar petrificado de José observou a arriscada performance, sempre temendo testemunhar um erro fatal que o assombraria pelo resto de seus dias, mas que felizmente nunca aconteceu. Os momentos de tensão eram repletos de urros com força graduada pela maior ou menor proximidade de cada faca ao corpo da moça, muito semelhantes ao ruído das torcidas de futebol quando a bola bate na trave. Vários espectadores cobriam os olhos com as mãos em atitude de avestruz, enquanto algumas mulheres, que se atreviam a encarar o suspense da cena, disparavam gritinhos histéricos com estridência de arapongas. Ultrapassado o clímax do número, quando a prancha era girada, aumentando consideravelmente a possibilidade de uma tragédia, todo o sofrimento era recompensado pela explosão de aplausos, vivas e bravos, sob os quais se curvavam a precisão do índio falsificado e a coragem da gostosa menina-alvo, cujos trajes sumários eram uma atração à parte.

Seu Agenor, fiel acompanhante do filho nas arquibancadas do circo por muitos anos, ao final de cada espetáculo jamais deixou de advertir o menino sobre o perigo de tentar reproduzir os feitos circenses em casa. Não se opunha, porém, a que ele lançasse um facão velho contra o tronco do abacateiro no quintal dos fundos, a título de tiro ao alvo. Adivinhava por onde a imaginação de Zequinha o conduzia naquela e em outras diversões solitárias. Atento aos menores sinais, discreto e firme como um monge shaolin, apesar das dificuldades que enfrentava, estava se saindo um pai e tanto.

Os momentos de convívio com o pai e suas frequentes palavras amigas ressoavam o tempo todo no cérebro de José, especialmente as que convergiam para o objetivo principal de "ser alguém". Ouviu tantas vezes as máximas da sabedoria agenoriana que elas, pausada e baritonamente, conquistaram as áreas vips de seus neurônios. Dentre elas, destacavam-se a afirmativa: "**Ideia é bicho poderoso. E perigoso. Muda a vida da gente.**" E a pergunta: "**Se tu não for alguém, vai ser o quê?**" Seguida imediatamente da resposta: "**Ninguém.**"

Com essas frases no coração, o corpo esbagaçado pelas intermináveis horas de estrada e um apavorante frio na barriga, o homem-feito José E. dos Santos desembarcou na rodoviária do Rio de Janeiro. Era sábado. Tinha nas mãos um pedaço de papel amassado com a indicação do outro ônibus que deveria tomar rumo a Copacabana e o endereço que lhe conseguiu Olinto Ferreira, primo de seu padrinho Juvenal.

A confusão e o tamanho da cidade, que ele nunca imaginara tão grande, o fizeram experimentar uma esmagadora sensação. Tudo em volta contestava o discurso realizador injetado pelo pai em sua corrente sanguínea. Pela primeira vez, sentia o gosto amargo da insignificância.

Tantos prédios, tantos carros, tanta gente, tanto apelo visual e auditivo, que não sabia pra onde olhar, nem o que pensar. Queria ver tudo, aprender o máximo que pudesse no menor tempo possível, mal conseguia respirar. Finalmente, estava em algum lugar com algum nome. Livrava-se da humilhação de morar numa cidadezinha que não significava nada além de lugar nenhum.

Olinto era proprietário de um pequeníssimo sobrado na Ladeira dos Tabajaras, uma das poucas favelas do Rio que não tem nome de favela. Alugou-o para o afilhado de seu primo por um preço bastante convidativo, além de lhe arranjar um emprego no qual começaria a trabalhar dois dias depois. Baita sorte, pensava José, Deus abençoe o padrinho Juvenal.

QUATRO

As favelas do Rio têm nomes estranhos e reputações diversas. A maioria fica em morros, não necessariamente amistosos, nem invariavelmente inóspitos. Mas, independentemente de suas características, nada favorece mais as favelas do que o anonimato. Quanto mais conhecidas, mais constrangedoras elas se tornam para seus ocupantes. José não tardou a entender que o rótulo de favelado funciona como redutor de cidadania, fator de rejeição social, e que, também nesse aspecto, ele não tinha muito do que se queixar. Tabajaras soava razoavelmente bem. Referia-se a uma extinta tribo indígena do tronco tupi. Tinha conteúdo histórico, com prováveis passagens de figurões do Brasil Império por ali, e ficava numa ladeira, muito menos evidente do que um morro, daí menos identificável como favela.

O sobrado onde José se alojou era bem pior do que sua casa na Bahia: uma sala que acumulava a função de quarto, com sofá-cama, guarda-roupa, mesa, duas cadeiras e uma pequena televisão no canto; uma cozinha na qual geladeira, fogão e pia quase não permitiam a entrada do morador; e um minibanheiro que se encharcava a cada banho. Da pequena janela de correr, vislumbrava uma nesga da rua Siqueira Campos, sua rota de fuga para o deslumbramento da Princesinha do Mar. Estava na Zona Sul, região mais chique da cidade, e podia ir a pé até uma das praias mais reverenciadas do mundo.

Deu uma rápida arrumada nas poucas coisas que trouxe, colocou roupas num lado, calçados no outro, três livros tipo de cabeceira que, na falta de mobília mais adequada, tiveram de se contentar em ficar sobre o armário, e, dentre as quatro gavetas disponíveis, reservou uma especial para o que mais prezava: seu caderno de ideias. Era ali que anotava tudo que lhe chamava a atenção, seguindo o método que dona Nerinha lhe ensinara para buscar ideias interessantes, dentre as quais um dia garimparia e lapidaria aquela que iria catapultá-lo ao estrelato. No meio da mesa, em absoluta posição de destaque, sua melhor foto ao lado do pai, aprisionada num porta-retrato de madeira escura. Olhou para sua cara sorridente no auge dos dezoito anos, recordou o olhar cintilante de Agenor, que parecia exibir um troféu ao enlaçar o ombro do filho com seu braço direito, passou a camisa sobre o vidro pensando deixá-lo mais transparente, mas, no fundo, sentindo que sua real intenção era acariciar a cena, reenquadrou o porta-retrato no melhor ângulo possível dentro daquele cenário, encheu o peito e exalou uns quinhentos quilos de pressão.

Passou o que restava do sábado trancado em sua nova casa. Pensando. Tentando convencer-se de que não estava delirando.

Domingo. Um short, um confortável par de chinelos, e estava pronto para despencar-se ladeira abaixo pegando a Siqueira Campos na direção da avenida Atlântica.

O simples fato de atravessar a rua era uma aventura, e andar naquele imenso corredor de prédios que terminava no azul do mar parecia um sonho.

Ao atingir o calçadão, seus joelhos tremeram. Já vira aquela paisagem muitas vezes na televisão. Degustá-la ao vivo era como encontrar um ídolo e ficar embaraçado sem saber o que dizer. Embasbacou-se. Ajustou os pés na areia e caminhou sem rumo, um tanto cambaleante pela instabilidade do piso, distraindo-se vez por outra com os corpos esculturais de mulheres que se banhavam de sol indiferentes ao efeito que provocavam nos homens.

Não ousou entrar na água. Precisava de um pouco mais de convívio para se dar àquelas intimidades. Sentiu a mesma paralisia reverencial daquela tarde em que dona Quitéria o recebeu em casa com sua camisola transparente. Só que sem a aflição da masculinidade desafiada. Estava em alfa. Sentou-se na areia, olhou várias vezes em todas as direções, respirou o mais fundo que pôde e desabafou lágrimas de mar. Nunca um domingo foi tão intenso, nem tão curto.

Segunda-feira. Estreava como atendente numa lanchonete-bar da rua Barata Ribeiro, valendo-se de sua larga experiência como auxiliar no boteco paterno. Podia ir a pé de casa até o trabalho, uns trinta minutos de caminhada, práticos, saudáveis e econômicos. Seu patrão, um português trasmontano, frondoso e bigodudo, contou-lhe de sua predileção por trabalhar com "paraíbas".

Com o passar do tempo, José compreendeu três distorções que o afetavam diretamente: a) o uso de "paraíba" como uma espécie de genérico para nordestino; b) o uso de "paraíba" como adjetivo aplicado a tudo que se considerasse cafona, de mau gosto; c) a carga de preconceito que se projetava sobre sua origem travestida de categoria social.

Um alento. Saber-se baiano, pelo menos não discriminável ao pé da letra, aliviava o problema. Aos poucos, José percebeu que baianos são identificados como uma categoria à parte dentro do mundo nordestino, gozam de um prestígio especial conquistado via bossa-nova, tropicália, MPB em geral. São ritmicamente diferenciados. Falam cantando, têm ginga própria, charme e um senso de humor parecido com o carioca. Mas, antes de fazerem jus a esse status privilegiado, têm de provar a legitimidade e a autenticidade de sua baianice. Precisam dar provas inequívocas de não aderência aos hábitos, crenças e costumes paraíbas.

A descoberta de que sua nordestinidade era intrinsecamente pejorativa o levaria mais tarde à paranoia de querer apagar todos os vestígios denunciantes. Alguns desses vestígios exigiriam dele uma percepção de nuances tão apurada que nem os próprios cariocas conseguiam explicar. Levou anos para entender, por exemplo, os míseros e imprecisos fragmentos estéticos que diferenciam o descolado do malvestido.

Não fosse o jeito divertido como o Rio exercita sua paradoxal segregação acolhedora, os brios de José poderiam ser severamente atingidos. Mas, uma vez esclarecida a senha da sacanagem e sua aparente inevitabilidade, discriminador e discriminado estabelecem um vínculo que lhes permite rir de tudo e de todos, a começar por si próprios.

Os colegas de trabalho de José não eram de muitos risos. Além do português proprietário, que cuidava do caixa, atuavam na lanchonete dois pernambucanos e uma cearense, todos há vários anos na cidade — eles, meio fechadões, tipos cabreiros, variando entre o tímido e o desconfiado, mas sem vestígios de hostilidade; ela, esforçando-se para ser mais simpática, encarregada da cozinha. Revezavam-se nos horários de movimento normal e trabalhavam juntos, a todo vapor, nos momentos de pico. Um portuga e quatro paraíbas. Dito assim, podia ser interpretado como início de piada, mas a rotina deles não tinha a menor graça.

Os dois primeiros meses passaram voando. Aproximava-se um desses momentos superatarefados, cujas consequências imprevisíveis podiam incluir até mesmo o fim do mundo. Já estavam em novembro, o ano era mil novecentos e noventa e nove. Mais um pouco e estariam ingressando no temível ano dois mil, em que as previsões de Nostradamus e as ameaças do bug do milênio se somavam para assombrar o mais esperado dos réveillons.

Passar uma virada de ano — especialmente essa — na praia de Copacabana era uma emoção que Zeca antecipava diariamente com tanta intensidade que nem mesmo a possibilidade do apocalipse conseguia afetar.

O trabalho era puxado, o portuga, durão como ele só. Quase não se conversava ali. Mas sempre aparecia uma brecha, muito mais por ação de algum freguês especialmente comunicativo do que por iniciativa dos empregados. Numa dessas ocasiões, duas palavras saltaram aos ouvidos do recém-chegado: Vila Mimosa. O ponto de prostituição mais popular da cidade foi trazido à pauta por um cliente também nordestino que, entre goles de cerveja, traçava com o menos arredio dos atendentes pernambucanos os planos de lazer para a noite de sexta-feira. José se interessou pela ideia, informou-se sobre os preços praticados naquele mercado do mulherio e concluiu que ali se encontrava um bom investimento para parte das reservas financeiras que havia trazido do interior. O nome Vila Mimosa soava-lhe engraçado e ingênuo, como um parque de diversões. De volta para casa, apressou-se em anotar no caderno de ideias: *Mimosa, nome de vaca malhada. Mimo, sinônimo de presente. Vila Mimosa — lugar das vaquinhas malhadas, onde os marmanjos vão buscar seus mimos.* Fazer associação de ideias proporcionava a José um prazer, exagerando um pouco para não perder o tema, quase sexual.

Ficou tentado a participar do programa planejado pelos dois paraíbas, mas ainda não estava à vontade no ambiente de trabalho, nem na cidade, nem nunca foi chegado a compartilhar assuntos íntimos. Decidiu ir sozinho, noutro dia, quando já estivesse mais seguro, e sem contar a ninguém. Particularidades devem ser tratadas no particular, repetia para si mesmo.

Numa espécie de ritual de aproximação, começou indo até o Maracanã, que fica um pouco depois da zona, perto da praça da Bandeira, passagem natural de quem vai ao estádio vindo da Zona Sul. Aliou seu antigo desejo de ver o Maraca ao recente objetivo de conhecer as redondezas, familiarizar-se com os ônibus, ganhar autoconfiança.

A exemplo do que aconteceu com o mar, o encontro com o gigantesco templo do futebol foi intimidador. Tudo no Rio conspirava para que José se sentisse pequeno.

Rio de Janeiro, dois de outubro de mil novecentos e noventa e nove.

Painho,

Cheguei bem chegado, com a graça de Nosso Senhor Jesus Cristo.

A viagem foi um aperreio de cansativa. Fiquei descadeirado de tanto ônibus, gosto nem de lembrar.

O Rio é grande que dói, um alarme de gente pra tudo que é lado. Mas uma boniteza doida.

E minha casa? Sem gracinha, mas jeitosa. Fica numa ladeira bem em Copacabana. Perto de praia, de comércio, até de meu trabalho. Seu Olinto arranjou tudo direitinho. Sujeito bacana ele.

O bar que tô trabalhando é mais movimentado que o boteco. Me atrapalhei um pouco no começo, mas já peguei o jeito.

O dono é português, com bigodão e tudo. E tem mais três do Nordeste ajudando no serviço. Comparando com outros daqui, o bar é pequeno, mas olha que importante:

obriga a gente a usar uniforme. As coisas em Copacabana são chiques demais.

E o mar? Não lembrava mais daquele dia que painho me levou a Salvador. Não sei se eu era muito pequeno ou se o mar era menor mesmo. Só sei que agora pareceu a primeira vez, com a vantagem de ir a pé. Quando eu disse que morava junto de tudo, tava exagerando não.

Fui logo na praia, mas fiquei empacado na areia. Aquele marzão meteu medo, e me deu uma leseira danada. Chorei que nem um frouxo, e meu choro não foi só por causa do mar não. Foi por lembrança de painho, dos amigos, de nossa vidinha sossegada, essas coisas. Só de escrever tô marejando de novo.

Outro assunto que mexe com o juízo da gente é a mulherada. Elas são aquilo tudo que mostram na televisão, só que ao vivo é muito mais bonito. Nunca pensei em ficar tão perto de tanta bunda carnuda, com umas pele morena, brilhosa... é de ficar vesgo e zonzo de tanto olhar e disfarçar, pra elas não notar que tamos botucando. Tem que se comportar. Muitas tão com seus namorados e maridos. Não sei como um cabra anda na rua com mulher exibindo o corpo desse jeito.

Inda que tente, não vou conseguir botar nesta carta nem um tantinho do que tô sentindo. Tudo embola na cabeça e no coração. Fica até complicado arrumar as palavras. O importante é colocar no papel, em letras bem grandes, que eu DEVO TUDO ISSO AO MEU PAI, e que vou fazer o possível e o impossível pra ser o que ele espera de mim.

Muito, muito, muitíssimo obrigadíssimo, véio!

Um abraço apertado, do filho que não te esquece,

José

CINCO

"A vida só pode ser compreendida olhando-se para trás; mas só pode ser vivida olhando-se para a frente."

SOREN KIERKERGAARD

O boteco de seu Agenor era normalmente frequentado pelos mesmos clientes. Cidade pequena não tem movimento quase nenhum, muito menos de visitantes. Dentre esses clientes, destacava-se dona Quitéria, viúva quarentona e bem-apessoada que morava na rua bem atrás do bar. Era figura distinta, gentil, simpática, sempre respeitosa e se fazendo respeitar.

Do quarto de Zequinha, dava pra ver a janela do quarto de dona Quitéria, fato que ele só valorizou aos quinze anos, quando pela primeira vez a viu passar enrolada numa toalha, pela fresta da janela descuidadamente entreaberta.

Daquele momento em diante, dona Quitéria passou a integrar a lista das musas inspiradoras do rapaz em seus exercícios masturbatórios, dividindo espaço com

Daiane — colega de escola de coxas grossas e saias curtas, a jovem que contracenava com Pena Vermelha no Grande Circo Azteca, e a própria dona Nerinha, sua paixão mais próxima, envolta em camadas de admiração e culpa.

Quando as compras no boteco atingiam proporções mais volumosas, era comum que fossem entregues em domicílio. Na maior parte das vezes, cabia a José fazer as entregas — uma rotina de bom atendimento muito apreciada pela fiel clientela.

A outra rotina — de espreitar a janela dos fundos na tentativa de apreciar a cliente — tornou-se irresistível fonte de lazer para o rapaz.

Embora a regra fosse uma janela implacavelmente fechada, as exceções valiam cada minuto de espera. Quando o calor apertava, aumentavam as possibilidades de sucesso: janela mais frequentemente aberta para refrescar, muitos banhos, muitas trocas de roupa. Nunca chegara a testemunhar uma cena de nudez completa, mas fora apresentado a uma bela coleção de calcinhas e sutiãs que revelavam generosas porções daquele corpo intangível.

Até que numa abafada tarde de verão, terminada a aula de redação de dona Nerinha, José se aninhou em seu posto, animado com a constatação da janela escancarada. Era mais ou menos naquela hora que dona Quitéria costumava tomar sua ducha no banheiro contíguo ao quarto. Não deu outra. Apesar da ainda suficiente claridade, perturbada apenas por um leve lusco-fusco de quase noite, a luz no interior da moldura se acendeu para a entrada da estrela do show. Ela abriu a porta do velho guarda-roupa internamente forrada por um grande espelho, iniciando o ritual de separar as roupas que seriam usadas após o banho. Uma a uma, as peças de vestuário eram colocadas sobre a cama. Aproximava-se o grande momento. Mirando-se no espelho, numa atitude com sintomas de autossedução, os botões da blusa lentamente se soltaram, permitindo à embalagem do hemisfério norte de seu corpo voar tremulante para um ponto fora do campo de observação. A revelação do sutiã cor-de-rosa sofreu a imediata competição da saia, que se abriu ao lado da cintura e desabou, descortinando pernas e contornos de bunda que excediam os limites da calcinha da mesma cor. Bastavam o enquadramento e a iluminação da cena naquele ponto para alçá-la ao topo do ranking de todas as que José havia testemunhado. Mas, numa atitude de inusitado atrevimento, as mãos se lançaram para as costas, abriram o fecho do sutiã e libertaram o par de seios usualmente guardado a sete chaves. Um avanço significativo na coletânea de imagens captadas até então e que justificava algum esforço extra do observador. Quando o aflito Zeca se esticava em sua janela para melhorar seu ângulo em relação ao espelho da porta do armário em que se refletiam os seios recém-alforriados, nova surpresa: dona Quitéria, como que só agora se dando conta da janela aberta, virou-se de frente, cruzando seus olhos com o olhar desconcertado do menino. Num ato reflexo, ela jogou os braços sobre o peito, enquanto ele improvisava canhestramente um ridículo ajuste nas dobradiças de sua própria janela. Era impossível, naquela situação de embaraço recíproco, determinar quem estava sendo flagrado por quem. Pano rápido. Janelas se fecham. Termina o espetáculo.

Na tarde do dia seguinte, o boteco de Agenor estava calmo. Era dia de folga das aulas de dona Nerinha, portanto expediente integral para José. Dois clientes conversavam sobre futebol com Agenor quando dona Quitéria irrompeu tão de repente que parecia se materializar vinda do nada.

— Boa-tarde!

— Tarde, dona Quitéria! — responderam todos, quase em uníssono e a plenos pulmões, com exceção de José, que murmurou seu cumprimento olhando para o chão, numa tentativa de disfarçar o rubor que lhe invadia o rosto.

— O senhor podia entregar um queijinho coalho daquele que eu sempre compro e três litros de guaraná lá em casa, seu Agenor? Com esse calor, não há estoque de refrigerante que chegue. Vou dar uma passadinha na casa de dona Teresa, mas é visita rápida. Daqui a uma hora, pode mandar o menino.

Duas gotas de suor escorreram pela fronte adolescente.

— **Claro, dona Quitéria. Ouviu, né, Zequinha? Daqui a uma hora.**

— O senhor bota na minha conta?

A inocente pergunta disparou maliciosos pensamentos de duplo sentido nas mentes masculinas ali presentes, mas ninguém deixou que nada transparecesse.

— **Pode deixar, dona Quitéria. No fim do mês a gente acerta tudo.**

— Muito agradecida, seu Agenor. Até mais!

Foi a hora mais rápida da vida de José. Cinco e quinze era o tempo exato marcado pela freguesa. Mas preferiu enrolar um pouco, deixando uns quinze minutos de margem de segurança.

Bateu palmas no portão de dona Quitéria precisamente às cinco e meia.

— Zequinha? — perguntou a voz lá de dentro.

— Sou eu!

— Pode entrar! A porta está aberta!

Enquanto gritavam esse breve diálogo, José lembrava que aquela era normalmente a hora em que dona Quitéria tomava seu banho. Imaginou-a se enxugando às pressas para recebê-lo e refutou imediatamente esse pensamento, que lhe despertava espasmos lascivos.

Dentre as várias entregas de mercadorias feitas até então àquela mesma cliente, algumas se consumaram no portão, outras no limiar da porta principal, mas nenhuma ultrapassara o umbral. Ao girar a maçaneta e ouvir o ranger das dobradiças, José pressentiu que seus próximos passos seriam muito perigosos. Avançando um metro na sala, que só conhecia de soslaios, parou um pouco para pedir instruções.

— Já estou na sala — falou alto. — Onde deixo as compras?

Vinda do quarto, a voz de dona Quitéria soou aveludada como nunca.

— Leve até a cozinha, por favor, que eu já vou lá.

A porta do quarto estava aberta, deixando entrever sombras de dona Quitéria estampadas na parede. José desviou o olhar, temendo ser flagrado novamente em suas indiscrições.

A mesa da cozinha estava posta para um lanche a dois. Xícaras, garrafa térmica com café, açucareiro e um vistoso bolo de macaxeira. Sobre um banquinho à esquerda de quem entra, o ventilador ligado varria a área entre a geladeira e a mesa. Com vergonha de fazer mais perguntas, o rapaz tomou a iniciativa de colocar as garrafas sobre a pia e, antes de concluir a tarefa, ouviu novas instruções de dona Quitéria, agora próxima e com pouquíssimos decibéis na voz:

— Coloca na geladeira, por favor.

Voltando os olhos na direção de sua interlocutora, José deparou-se com uma cena que jamais sairia de suas lembranças: dona Quitéria bloqueando a entrada da cozinha sob o açoite de lufadas do ventilador, de cabelos ainda molhados pelo banho recém-tomado, e o corpo coberto apenas por uma etérea camisola transparente.

No primeiro momento, foi impossível esquadrinhar todos os detalhes. Junto com o quadro geral, chegou-lhe às narinas o perfume adocicado que de imediato impregnou a atmosfera. Os seios, que lhe haviam sido apresentados a distância na véspera, de perto eram infinitamente mais atraentes. Mesmo sob o tecido que os cobria, evidenciavam mamilos túrgidos em estado de alerta.

O short que Zequinha vestia, perfeitamente sintonizado com o intumescimento dos peitinhos assanhados, começou a ganhar um volume frontal incontrolável. O tempo parou, nenhum ruído se fez. Com a garganta totalmente seca, José evitou os olhos de dona Quitéria, que, faiscantes, oscilavam entre o rosto e o púbis do menino. Foi então que ele, olhando para baixo, vislumbrou uma mancha escura na região baixo-ventral de sua anfitriã. Ao primeiro relance, pareceu-lhe tratar-se de uma calcinha preta. Ao primeiro tremular do tecido, era óbvio tratar-se de ausência de calcinha. Dona Quitéria estava nua sob aquela precária camisola esvoaçante.

José quase deixou cair a garrafa. Sentiu os joelhos vazios quando a inebriante senhora caminhou em sua direção com uma naturalidade inimaginável e quebrou o asfixiante silêncio, sussurrando maternalmente:

— Você é tão gentil. Deixa eu te ajudar a colocar essas compras na geladeira que depois vou te dar um presentinho.

A luz emanante do interior da geladeira potencializou a transparência da camisola, o movimento de dona Quitéria para acomodar as garrafas nas prateleiras inferiores da geladeira, associado à ação do torturante ventilador, expandiu as revelações e a sensualidade daquele momento a extremos insuportáveis. Estavam próximos demais. Ela, abaixada, tinha o rosto alinhado com o latejante volume frontal do short alargado.

Ele, esforçando-se pra continuar de pé, passava-lhe as garrafas como um autômato, a cabeça em turbilhão, oscilando entre inaugurar sua vida sexual em grande estilo ou fugir o mais rápido possível. Como conseguiria encarar dona Quitéria da próxima vez que ela fosse ao boteco? Como seu pai reagiria ao saber que ele teria desrespeitado aquela distinta senhora? Será que ela estava mesmo se oferecendo a ele? Ou seria tudo um tremendo mal-entendido, mistura de descuido da mulher com excesso de tesão do macho? E se o presentinho prometido fosse apenas o lanche que estava preparado sobre a mesa? Ai, que vergonha! Ela deve estar me achando um tarado, ou um moleque inofensivo, ou um babaca, ou...

O raciocínio de José foi interrompido quando, ao pegar a última garrafa, dona Quitéria displicentemente esbarrou com a mão em seu pênis. Tomado por um frêmito vertiginoso, ele gozou pateticamente. Cobriu o rosto com as mãos e, sem olhar para a freguesa, saiu esbaforido balbuciando que seu pai o esperava no trabalho.

Tirou a camisa para esconder a mancha denunciadora no short. Entrou acelerado no boteco, dizendo que precisava ir ao banheiro. Trancou-se, lançou-se sob o chuveiro, voltou ao trabalho de roupa nova e ficou se maldizendo até o dia seguinte pelo ridículo de não ter sabido o que fazer.

O posto de observação da janela continuou ativo, com assiduidade maior do que nunca, proporcionando o aperfeiçoamento do sádico exercício de dona Quitéria em provocar o menino de forma dissimulada. Nenhuma de suas performances sensuais aparentava ser proposital. Tudo soava por acaso, por acidente, e acabava por um triz, pouco antes do gran finale, deixando gostinho de quero mais.

Alguns meses se passaram sem que outro pedido de entrega para a freguesa de seus sonhos acontecesse. O pedido seguinte aconteceu num dia de aula de dona Nerinha. José não estava no boteco na hora da encomenda, nem viu seu pai deixar o caixa aos cuidados de um frequentador amigo da casa e sair para fazer a entrega. Terminada a aula, correu para a janela a tempo de ver dona Quitéria com a mesma camisola transparente entrando no quarto de mãos dadas com Agenor. Ao contrário do filho, ele sabia o que fazer.

Durante muito tempo, as relações do rapaz com seu pai se esfriaram.

Agenor, atribuindo a repentina mudança de humor aos misteriosos efeitos da adolescência, continuou convidando-o a ver televisão juntos e a conversar sobre a vida, mas a retomada da espontaneidade entre os dois avizinhou-se do impossível. Uma barreira de rivalidade havia se erguido entre eles, e só José sabia de que material essa barreira era construída.

Se os encontros íntimos de Agenor com dona Quitéria se repetiram, ninguém pode afirmar com certeza. Só se sabe que, depois daquela tarde em que a viúva se entregou ao entregador, nunca mais José foi incumbido de levar nada à provocadora testemunha de seu desacontecimento sexual. E a outrora exibida janela fechou-se em zelosos recatos.

A bordo do ônibus que o levava à Vila Mimosa, José relembrava o remoto episódio de dona Quitéria com impressionante riqueza de detalhes. Superando a marca de três meses após sua chegada ao Rio, já estava menos assustado com as ameaças que as metrópoles impõem aos novatos, já havia obtido informações de outras fontes sobre como se locomover até o outro lado do túnel Rebouças e de que jeito se comportar em puteiro de cidade grande. Acima de tudo, não tinha como esperar mais. Faltavam duas semanas para a talvez fatídica virada de ano, e seria imperdoável deixar que o mundo acabasse sem viver a tão almejada experiência. É agora ou nunca — repetia mentalmente em forma de mantra, para afugentar seus medos.

Vestindo sua melhor roupa e exageradamente perfumado, lá ia ele mais José e menos Espínola do que nunca, com o coração batucando acelerado pela urgência física e descontrolado pelo apetite que represava a muito custo.

Tinha tanto em que pensar que nem se deu conta do trajeto. Saltou na praça da Bandeira seguindo as instruções que lhe deram e, após um breve pedido de orientação a um vendedor de amendoim, caminhou em direção à rua Sotero dos Reis. Gostou daquele nome desde que o ouviu pela primeira vez, pelo simples fato de falar em reis.

Chegou quase de repente, resfolegando como quem expurga temores e pensamentos negativos na mesma exalação e assumindo certo ar topetudo que nem a ele próprio convencia.

A vila não era tão mimosa quanto imaginava, apenas uma sequência de casas bem suburbanas, de dois andares: bar no térreo, quartos no sobrado. Um teto de zinco interligava diversas casas, cobrindo a estreita rua que assumia ares de mall de um esquisitíssimo shopping center. O movimento intenso despertou-lhe repentinos pudores, que o fizeram desviar o olhar dos demais frequentadores nos primeiros quinze ou vinte minutos. Saber que todos estavam ali para trepar instituía uma cumplicidade comunitária forçada que demandava algum tempo de digestão.

Escolher o portão por onde entrar era outra tarefa complicada. Calculou mais de cinquenta bares, muitos neons e silhuetas que pareciam se esmerar em lhe confundir a cabeça. Depois de algumas idas e vindas, mergulhou no que aparentava ter a melhor combinação de limpeza com sortimento de mulheres. Lá dentro era sombrio e barulhento. José deu uma panorâmica no ambiente, localizou três candidatas interessantes, e partiu na direção daquela que primeiro percebeu seu interesse. Como era bom ter alguém que reconhecia sua presença.

A mulher, vestindo um shortinho branco muito cavado e um sutiã vermelho, olhou-o de cima a baixo, provocando-lhe um arrepio de baixo pra cima. A negociação foi rápida: vinte reais por vinte minutos. Subiram as escadas, acomodaram-se num quartinho minúsculo, despiram-se entre risadas sacanas dela, tímidas dele, e cumpriram seu contrato. José gozou quase tão rápido quanto negociou. Não fosse o intenso treinamento de colocação de camisinha a que se submeteu em casa, teria amargado mais uma derrota em seu pobre currículo sexual. Dentro do cilindro emborrachado que vestiu seu órgão na breve incursão que fez pelo interior feminino, jorraram vinte e cinco anos de ansiedade acumulada. Até aquele sábado, que não por acaso coincidia com seu aniversário, Zeca era secreta, acabrunhada e sufocantemente virgem.

Voltou para casa à meia-noite, com um sorriso abestalhado no rosto e a cabeça nas nuvens, não se importando com os perigos que a região lhe reservava em horário tão avançado.

Levou uma dura da polícia na subida da ladeira em que morava, e não ligou a mínima. Estava limpo, com os documentos em dia e o coração tomado por uma leveza que não se lembrava de ter saboreado antes. Foi um grande aniversário aquele.

Na manhã seguinte, fez-se um sol de festa.

Encorajado pela proeza da véspera, José saiu de casa com passos decididos, atravessou ruas e avenidas, cruzou uma larga extensão de areia, venceu medos, ultrapassou repressões enraizadas na alma e, pela primeira vez na vida, deixou-se abraçar pelo mar. Nos braços nobres e aconchegantes da Princesa do Mar, livrou-se de sua segunda virgindade.

SEIS

Copacabana tinha a majestade que o espírito monárquico de Zequinha projetava. Além da alcunha de Princesinha do Mar, era o único bairro no Rio com um palácio sem vinculações republicanas: o Copacabana Palace.

José adorava passar em frente ao tradicional hotel, construído desde o tempo em que tudo em volta era areia, sem prédio algum para concorrer com sua arquitetura de bolo de casamento importada da França. Colecionava histórias sobre quem já se hospedara ali: uma longa lista de reis do rock, soberanos do cinema e da política, encimados por ninguém menos que a rainha Elizabeth da Inglaterra, ela própria, rainha de verdade, em carne e osso, naquele prédio imponente que José podia admirar quando e o quanto quisesse.

Não foi por acaso que se posicionou exatamente diante do Copa para participar daquele que podia ser seu último réveillon.

Na manhã de trinta e um de dezembro, zanzou pela avenida Atlântica observando os últimos retoques nos vários palcos em que famosos músicos se apresentariam mais tarde. Sentiu-se homenageado pelas mulheres caracterizadas de baianas folclóricas, integrantes de grupos espíritas nos rituais de oferendas à Rainha do Mar. Até no ramal das divindades, a monarquia parecia enviar sinais persistentes e consistentes ao rapaz.

Almoçou rápido, tirou um cochilo em casa — precisava estar em forma para a noite mais esperada até aquele ponto de sua vida —, tomou um bom banho, perfumou-se, paramentou-se de branco, como recomendava o dress code do evento, rezou, concentrou-se e, por volta das sete da noite, lá estava ele de volta ao calçadão, deslizando sobre as pedras portuguesas com desenhos de ondas que se tornaram marca registrada de Copacabana. A pista, fechada aos automóveis desde cedo, convidava ao mais amplo exercício do direito de ir e vir, incitando seus transeuntes a se amalgamarem com os que preferiam se instalar na areia da praia em busca de posições mais privilegiadas diante dos palcos musicais.

Desde que chegara ao Rio, José havia cruzado com um ou outro turista estrangeiro, o que era absolutamente novo para ele. Mas a concentração de gringos que encontrou naquela noite era inimaginável. Na verdade, nunca havia considerado possível que tanta gente pudesse estar reunida numa mesma área, e num astral tão alegre e pacífico que tornava despropositados quaisquer temores catastróficos. Literalmente, o mundo estava ali, representado em toda a sua diversidade de raças, línguas, credos e classes sociais, para demonstrar aos mais céticos e desesperançados que a raça humana não era um caso perdido.

Faltando pouco para a meia-noite, uma eletrizante onda de pessoas vestidas de branco se agitava diante do mar. Comandadas pelos telões ao longo da orla, milhões de vozes uníssonas fizeram a contagem regressiva que José ouviria a partir de então na seleção de suas memórias mais gratificantes. E ao final desse coro majestoso, o tão esperado bum! O céu se transformou num jardim de flores tremeluzentes, que espocavam em erupções coloridas.

Com a atenção drenada para o alto e os ohhhhs de admiração compartilhados com aquele megacoro de desconhecidos, uma pontada de tristeza se fez inevitável. Algo parecido acontecera na semana anterior, sob os sinos e luzes de Natal, felizmente amenizado pelas raízes religiosas da festa, que José canalizou para a Missa do Galo na primeira igreja que encontrou. Mas a absurda massa humana que confraternizava na virada do ano na praia de Copacabana tinha o dom de sublinhar o aspecto mais cruel daquele momento: a solidão.

O fato de uma meia dúzia de estranhos ter-se dirigido a ele com votos de "Feliz Ano-Novo" foi um bálsamo, sem dúvida. Dava-lhe a impressão de se relacionar com alguém, de ser alguém. Guardadas as proporções, assemelhava-se à sensação de rezar de mãos dadas com os demais participantes da Missa de Natal e de trocar com eles o ritualístico abraço da paz. Eram gestos, interações, toques teatralizantes de um convívio comunitário que lhe parecia impossível em seu novo e exageradamente ampliado universo. Nada, porém, era robusto o suficiente para se antepor à perturbadora experiência de passar seu primeiro fim de ano sem o confortante abraço paterno.

Terminada a queima de fogos, parte da turba se encaminhou para suas festas particulares, outra parte seguiu no embalo da música entoada sobre os palcos praieiros, gente pra lá e pra cá, seguindo roteiros oscilantes entre o puro entretenimento e os rituais supersticiosos garantidores de sorte, saúde e prosperidade. José observava os detalhes como um privilegiado espectador estranho ao ambiente. Todos pareciam pertencer a algum subgrupo naquele mar de gente cuja maré baixava a cada minuto; todos, menos ele.

Foi assim até o amanhecer. Quando o sol apareceu, deixando claro que o novo milênio era irreversível, encontrou José dormindo na areia, abatido pela ressaca da noite maldormida e das cidras malbebidas. Outros ressaqueados babavam na areia, enquanto os atletas de plantão já despontavam em suas corridas, flexões e braçadas, sem dar tréguas à excepcionalidade daquela manhã.

Poucos metros à sua frente, um grupo de quatro casais acordou agitado. A mulher mais jovem revirava sua sacola de tecido em busca de algo valioso que deveria estar ali: a carteira de dinheiro, a câmera fotográfica, algo do gênero. Ela explicava coisas, recordava os fatos desde que se instalaram naquele ponto da praia, e gesticulava para os demais, que reagiam com ares preocupados e indignação crescente. José se lembrava da chegada deles, das músicas que cantaram, das risadas, da bebedeira, tudo testemunhado por seus olhos curiosos que subitamente se fecharam em algum momento por irresistível ordem do sono.

Quando, um a um, os integrantes do grupo começaram a lhe lançar olhares, imaginou que pretendiam lhe pedir ajuda, perguntar se havia percebido algo suspeito, por exemplo. Mas não tardou a perceber que o suspeito era ele. Cercado por semblantes desconfiados e perguntas pra lá de enfáticas, assustou-se e ofendeu-se, não necessariamente nessa ordem, tomando a insensata decisão de dar meia-volta e se retirar. Dois chutes e um tabefe o alertaram do erro estratégico que estava cometendo. Correu o mais que as pernas recém-despertadas lhe permitiram. Iniciou-se uma estúpida perseguição a que se agregaram outros passantes, felizmente interrompida por dois policiais que o estapearam, imobilizaram, crivaram de perguntas e revistaram, para, só então, descobrirem que estavam diante de um inocente, um zé-mané que correu de otário e apanhou pra deixar de ser mané, otário e zé. "Desculpe. Foi mal. Fugindo desse jeito, queria que a gente pensasse o quê?"

Nenhuma das agressões físicas doeu de verdade. Na autoestima, porém, feridas profundas iniciavam seu processo inflamatório. Feliz Ano-Novo, José — dizia a si mesmo no espelho, depois do banho em que lavou areias e sustos.

Ao despertar do sono pesado em que mergulhou depois do banho, eram oito da noite. Pulou da cama, lembrando que deveria ter pegado no trabalho às dez da manhã, bar não tem esse negócio de feriado não. Mas, acreditando que a situação violenta que havia enfrentado num dia tão atípico seria suficiente para sensibilizar o patrão, refestelou-se diante da TV. Já era, pensou. Mais um pouco, o bar já tá fechando. Amanhã me explico.

Só então, acompanhando o noticiário televisivo, soube que o tal bug do milênio não havia se manifestado e que nenhum indício de apocalipse se apresentara em qualquer lugar do mundo. Nada como começar o ano com um trombeteado desacontecimento planetário.

O mal-entendido matinal reavivou uma convicção desenvolvida em seus anos baianos: "**Polícia e político só batem em quem não reage.**" A frase, formulada por seu pai numa das conversas de boteco, arraigou-se no espírito de José de tal forma que já a considerava sua.

Muitas conversas no boteco paterno sobre delegados, vereadores, prefeitos, deputados, senadores, governadores e presidentes cimentaram a máxima agenoriana como expressão definitiva do menosprezo, da covardia e da exploração das autoridades brasileiras em relação a quem tem menos, quem sabe menos, quem pode menos.

No dia seguinte, encontrou o portuga do bar com cara de poucos amigos. Contou tudo o que acontecera na praia na manhã anterior e o estado de confusão que aquilo lhe provocou, mas o olhar do patrão se manteve incrédulo e gelado. Ano novo, vida nova. José acabava de perder seu emprego.

Rio de Janeiro, cinco de janeiro de dois mil.

Painho,

Feliz Ano Novo. Tomara que seja procê, que pra mim foi não. Muitas acontecências.

Comecei o raio do ano atravessado. Ababaquei com o foguetório de Copacabana, dormi na praia e acordei metido num barabadá da peste.

Um pessoal defronte de onde eu tava me achou ladrão, chegou todo abusado pra cima de mim. Me avexei, ora, que fui criado na honestidade e nunca mexi em nada dos outros. Quase morro... Se não corro... Levei uns tabefes deles e da polícia, argumentei sem muita valia, enfim, humilhação. Quando viram que era engano, pediram umas desculpinhas de nada, muita injustiça.

Voltei pra casa me sentindo um bostequinha, dormi direto e perdi o emprego. É mole?

O fim do mundo que diziam que era pra ser em dois mil não veio pros outros, só pra mim. Passou perto.

Seu Olinto torceu a cara, mas acho que ficou com pena. Falou de uma lanchonete, que eles chamam de café, dentro de uma livraria pra eu trabalhar, coisa fina.

Tomara que dê certo. Gostei muito desse negócio de trabalhar em livraria, dona Nerinha ia ficar toda prosa. Acho que nesse tipo de lugar é mais fácil encontrar ideia.

Falar em ideia, tô começando a pensar umas coisas. Anoto tudo no caderno pra ver se um dia tem serventia. É o meu destino, né? Achar ideia pra ser alguém. Você que disse.

Teve coisa boa nesses dias também, foi só ruindade não. No meu aniversário ganhei um presentão que não quero nem comentar os detalhes pra não lhe faltar ao respeito. Intimidades muito íntimas. Me fez um bem danado.

Agora chega. Já desabafei um tanto.

Vai daqui um abraço cheio de saudade, do filho que te ama muito,

José

SETE

"Pessoas brilhantes falam sobre ideias. Pessoas medíocres falam sobre coisas. Pessoas pequenas falam sobre outras pessoas."

DICK CORRIGAN

Gentileza gera gentileza. A frase foi direto para o caderno de ideias desde que Zeca a ouviu num papo entre clientes sobre outro José, de sobrenome Datrino, mais conhecido como Profeta Gentileza.

A história do famoso personagem, que se consagrou entre os cariocas a partir do incêndio do Gran Circus Norte-Americano em Niterói, instalou-se em sua cabeça. A trajetória do profeta, além de altamente inspiradora, reavivava as saudosas lembranças do Grande Circo Azteca, era próxima, factível, de José para José.

Mais de quinhentos mortos, a maioria crianças, uma das maiores tragédias circenses do mundo fez aquele homem largar sua empresa transportadora, dedicar-se ao consolo dos parentes das vítimas, plantar jardim e horta sobre as cinzas do circo, e transformar o que havia sido um inferno no lugar que passou a chamar-se Paraíso Gentileza.

Aquilo é que era profeta, não o azarento do Nostradamus. Enquanto Gentileza trabalhava pra minimizar os efeitos de uma desgraça já ocorrida e pregava um relacionamento mais civilizado e afetuoso entre as pessoas para que outras desgraças fossem evitadas, Nostradamus ficava azucrinando o juízo dos outros com suas previsões catastróficas. Enquanto Gentileza era simples e direto, Nostradamus complicava a linguagem em forma de Centúrias a tal ponto que qualquer fato podia se encaixar em suas complexas formulações. A única aparente convergência dos profetas era sobre o ano dois mil, embora por razões divergentes, ambas comprovadamente equivocadas: para Gentileza, aquele ano marcaria a deposição do demônio e o início de uma era dominada por pessoas gentis; para Nostradamus, já falamos sobre isso, era o final dos tempos. Um consertava o mal, tentando melhorar o futuro. O outro parecia se regozijar com sua pretensa antevisão do mal, e jogava uma sombra tenebrosa sobre o futuro da humanidade. Dois personagens que foram alguém a partir de ideias absolutamente antagônicas. E o "ser alguém" deles não tinha nada a ver com dinheiro. Cada vez mais, as ideias de José se aclaravam: a busca de sua vida não era por riqueza, mas por relevância.

José ouviu falar desses dois profetas e se interessou por pesquisar sobre eles, em seu novo emprego, confirmado no meio do ano. Trabalhava, fazia já seis meses, no Leblon, numa livraria muito bem frequentada, onde dominava a arte de servir expressos, cappuccinos, chás, licores, vinhos, quiches, brownies e coisas do gênero. Mas, principalmente, onde exercitava sua deliciosa missão de prestar atenção às conversas de seus clientes. Aprendia ali mais do que em todos os anos de escola, e ainda tinha o inestimável bônus de poder folhear alguns livros nas horas de folga. Seu novo patrão, sensibilizado com a curiosidade do rapaz, permitia que um ou outro exemplar fossem levados por empréstimo, desde que José se comprometesse a devolvê-los no máximo em quinze dias, sem qualquer amassado, risco ou arranhão. Graças a esse privilégio, mergulhava na leitura diariamente, anotava ideias desenfreadamente e se sentia muito acima do José do ano passado. Transportava os livros emprestados em uma caixa dura de papelão, manuseava-os com delicadeza cirúrgica, e cumpria rigorosamente os prazos acertados com o chefe.

Embora trabalhando muito próximo da rua que estampava seu nome, José só conseguiu percebê-la sete semanas depois de chegar à livraria, mais exatamente no dia em que transferiu sua residência da Ladeira dos Tabajaras para a Chácara do Céu, uma pequena e discreta favela, próxima ao Vidigal, que lhe permitia chegar ao emprego em menos tempo. Estava feliz, sentindo que alguma conjunção astral conspirava a seu favor. Saía da fase Nostradamus para a fase Gentileza.

Chácara do Céu era um nome bucólico e que, com os devidos descontos poéticos, bem que fazia jus ao nome. Morro calmo, arborizado. De sua casa, dava até pra ver um pedacinho de mar. Só não era o paraíso porque, num morro ali perto, morava nada mais nada menos que o Capeta.

José, em seu permanente estado de difusão mental, não tinha como notar que sua nova residência estava na área de domínio de Luizão Capeta, chefe do tráfico e, consequentemente, autoridade máxima no vizinho Morro do Vidigal.

O famoso Vidigal mantinha com a Chácara do Céu relação semelhante à do Império Romano com suas colônias. Nada tão explícito que tornasse o ar mais denso, desde que ninguém questionasse o poder do Nero de plantão, ou tentasse comercializar drogas em sua jurisdição.

Aos que ousassem desafiá-lo, estava reservada a pena de arder em chamas até restarem apenas cinzas, fumaça e uma triste lembrança. Era assim, com querosene e fósforo, que o chefão eliminava seus desafetos, e fazia com que sua alcunha ganhasse cada vez mais sentido.

A exemplo dos moradores de São Conrado e Leblon, os bairros mais próximos das favelas irmãs, José jamais viria a tomar conhecimento do temível Luizão. O que não significa que os destinos de ambos não acabariam se cruzando, ainda que remotamente, com sérias consequências.

O mar do Leblon ficava bem mais perto que o de Copacabana. Praia menor, menos areia no caminho, e menos gente também. Bem mais tranquilo, muito bem frequentado, com a maior quantidade de celebridades por metro quadrado do país, tudo no Leblon parecia estar mais ao alcance das mãos. Nos primeiros seis meses, José viu de perto gente que ele nunca pensara poder encontrar: atores, cantores, compositores, escritores, até políticos, todos agindo como gente comum, sem pompa e nas mais variadas circunstâncias. Chegou a servir alguns no café, perguntar o que gostariam de beber, levar-lhes a conta, dar-lhes o troco... custava a acreditar no que estava acontecendo.

Completava-se a trilogia da nova fase com o fato de ter arranjado emprego num café sofisticado, cercado de livros por todos os lados, uma combinação de nutrientes físicos e espirituais cuja existência ele até então desconhecia. O plano original de se juntar aos bons para ser um deles finalmente começava a entrar nos trilhos. Estava no lugar certo, fazendo a coisa certa, caminhando na direção traçada por seu pai para o destino luminoso que o atraía como mariposa mesmerizada.

Tudo isso, mais a rua Aristides Espínola, de supetão, quando distraidamente deslizava na calçada sob os efeitos da casa recém-conquistada, só podia ser um sinal. Convenceu-se de que era um predestinado, sentiu-se especial como nunca, espevitaram-se todos os sentidos e inaugurou-se um estado de delírio imaginativo.

Sinal místico ou mero acaso? A questão reincidia constantemente nas reflexões de José, mas a resposta não era lá tão importante assim. As coisas estavam acontecendo, os fatos se cruzando, e tudo gerava um fluxo constante de ideias que, no fim das contas, são a matéria-prima da imaginação. Ou será o contrário? Também não importava. Passou a enxergar o que antes não enxergava, graças a um considerável número de coincidências que gratuitamente se ofereceram a seus olhos desde o momento em que se dispuseram a buscá-las. O que mais poderia importar? Outras coincidências certamente viriam, tornando sua teia de conexões mais densa, mais rica, mais próxima do princípio científico que reconhece nas concentrações orgânicas o caldo propício para o surgimento da vida. Toda ideia é manifestação de vida, acreditava piamente nisso, embora nunca tivesse formulado o raciocínio dessa maneira.

Por conta das reflexões sobre a tessitura de sua vida, José acabou gerando um de seus mais profundos pensamentos: "IDEIAS SÃO FELIZES COINCIDÊNCIAS." Escreveu a frase várias vezes em seu caderno, com diversos tipos de letras, nos mais variados tamanhos. Fez dela seu mantra e deixou-se invadir por uma refrescante sensação de orgulho.

Era um êxtase silencioso, sigiloso e intenso. José passava todos os dias pela placa de sua querida rua, lia seu nome nela, repetia baixinho a frase síntese de sua idealização "Ideias são felizes coincidências", e mergulhava num mundo que era só seu. Declarou a si mesmo ser descendente de Aristides Espínola, seu querido trisavô imaginário, tão logo descobriu em excitantes pesquisas tratar-se de um influente advogado e deputado baiano que alcançou projeção nacional, tudo o que Zequinha sonhava alcançar. Um conterrâneo, olha que maravilha, nascido em 1850, testemunha ocular da monarquia brasileira — outra feliz coincidência. Esse passou a ser o provável segredo de Agenor que, sabe-se lá por que cargas-d'água, não podia ou não queria declarar a honrosa estirpe. "**Um dia tu entende**", dizia o pai ao menino, que, enfim, mais do que entender, acabava de inventar um entendimento.

Resolvida a questão da linhagem nobre, deslindou-se o mistério do seu exagerado apreço pela nobreza. Que influência das leituras de dona Nerinha coisa nenhuma. Os iguais se atraem, essa era a lógica por trás do fascínio monárquico que dominava José.

No fundo, ele sabia que seus devaneios não se ancoravam nos fatos. Mas faziam tanto sentido e era tão agradável alimentá-los que preferiu embarcar na fantasia. Passou a viver uma espécie de dupla personalidade consentida: externamente, continuava sendo o insignificante José; internamente, porém, subia ao pedestal do admirável Espínola. A grande vantagem desse jogo é que sua vida assumiu contornos superinteressantes e, de uma hora pra outra, ficou blindada contra qualquer coisa que acontecesse de ruim no mundo real.

Obviamente, nada é tão simples assim. Havia vários pontos de interseção entre o universo imaginado e a existência concreta. O lado Espínola seduzia o lado José a tomar atitudes que nenhum observador, desavisado das profundas informações aqui expostas, conseguiria decifrar corretamente. Óculos escuros, por exemplo. O que poderia se ocultar por trás daquelas lentes?

Ao notar que a maioria das celebridades com que cruzava nas ruas do Leblon se valia de óculos escuros para tornar mais difícil sua identificação imediata e mais fluido seu deslocamento pelas vias públicas, muito embora os frequentadores do bairro, habituados ao convívio com os ídolos, costumem estoicamente respeitar sua privacidade, José começou a juntar economias para satisfazer um súbito e inadiável objeto de desejo. Alguns meses de salários poupados depois, adentrava ele numa ótica de gente fina para dar entrada nos óculos de grife que ainda levariam um longo tempo de crediário até serem quitados. Considerava esse investimento a externalização de seu compromisso com a ideia que ainda teria, para fazer algo relevante que ainda desconhecia, e tornar-se o alguém que um dia seria.

Talvez estivesse ultrapassando os umbrais da sanidade mental, mas já se convencera de que esse era o tributo a ser pago pelas pessoas que realmente fazem diferença. Um dos livros saboreados como remuneração adicional de seu novo emprego trouxe-lhe a informação de que a genialidade anda muito próxima da loucura, e, pensando bem, o que ele estava fazendo nem era tão louco assim. Apenas dava asas à imaginação, brincava com ela.

Quase completados dois anos no Rio, a maior parte naquela situação paradisíaca que o fazia sentir-se como o afortunado personagem de um livro, que poderia muito bem estar nas prateleiras da livraria em que trabalhava, outras importantes modificações começaram a aflorar em seu comportamento.

Dois registros apartados no espaço e pulverizados no tempo, mas interligados na essência, elucidam a profundidade da sua metamorfose.

Primeiro, a Feira de São Cristóvão.

José esteve lá algumas vezes para reviver sons, sabores, odores e cores da infância. Barracas e mais barracas, grandes, pequenas, médias, recheadas de sarapatel, buchada, carne de sol, escondidinho, macaxeira, milho assado, cabrito, baião de dois, tapioca, vatapá, cocada, rapadura, literatura de cordel, forró, duplas sertanejas, repentistas, calçados, roupas baratas, e gente com a cara de sua terra, tudo isso o transportava a um passado de acalentadas emoções. Nos meses de junho e julho, Santo Antônio, São Pedro e principalmente São João tomavam conta do ambiente são cristovense, levando quadrilhas coloridas a dançar em círculos, reagindo aos avisos de olha a cobra, olha a chuva, e é mentira, com invariáveis uuuuhhh! e aaahhh!. Eram os meses mais frios do ano, e os mais quentes da feira. "Pula a fogueira, Iaiá. Pula a fogueira, Ioiô."

O programa, no início, era o máximo. Mas, aos poucos, sem avisar ou explicar, foi esmorecendo. Não que o local tivesse deixado de cumprir sua promessa. Tudo continuava nordestiníssimo e em crescente evolução estrutural, reunindo, além dos habituais saudosos retirantes, um número cada vez maior de turistas e curiosos em geral. Só que o conjunto da obra entrou em dissonância com as sensações armazenadas na memória, talvez por alguma percepção de não autenticidade, talvez por esfarelamento das lembranças, provavelmente pela combinação desses dois fatores. Fazer o quê?

Contagiado pelos ares eruditos do seu novo ambiente de trabalho, José foi deixando as referências telúrico-emocionais de lado para se imbuir de um papel precocemente intelectualizado de analista e crítico. Em meados de dois mil e um, no curso de sua última visita, sentiu-se um verdadeiro estranho no meio daquela gente e incomodou-se com a sensação de ser encarado pelos frequentadores turísticos como mera excentricidade folclórica. O sanfoneiro desafinou, o forró destrambelhou, a buchada de bode embrulhou o estômago, os sotaques soaram cômicos, exagerados, fora de contexto. Decepcionou-se, entristeceu-se, deu três giros completos no pavilhão, e saiu, para nunca mais voltar.

Depois, a Vila Mimosa.

Desafogou-se várias vezes naquele mercado de prostituição desde a agradável experiência do seu primeiro aniversário na cidade. Exatamente como ocorreu com a feira nordestina, o prazer do início deixou-se infiltrar por revelações desanimadoras. Uma até então desconhecida percepção de feiura provocou-lhe crescente repugnância, os perfumes tornaram-se asfixiantes; os frequentadores, deprimentes; as mulheres, broxantes. Temeu estar perdendo a virilidade. Era jovem demais para isso, não fazia sentido. Na verdade, estava

Adilson Xavier

ganhando uma nova sensibilidade, diferente e mais exigente do que a trazida na bagagem. A compreensão do fenômeno levou algum tempo para acontecer. Quando aconteceu, aquietou-lhe o espírito. Mas não lhe trouxe paz. Sucumbindo aos clamores hormonais, José viu-se outras vezes arrastado de volta aos corpos e lençóis nauseantes, em ocasiões esparsas, contraditórias, incomodamente humilhantes, apenas para confirmar a sentença que nenhuma instância superior seria capaz de revogar: Vila Mimosa havia perdido o encanto.

De alguma forma, o mundo interior ganhava espaço sobre a história real, alterando o comportamento de Zeca, confundindo suas convicções a ponto de afetar as mais enraizadas verdades. Espínola, gradativa e sorrateiramente, alargava seus domínios. Mais do que espessar influências, tentava apagar os vestígios de José.

Impossível precisar o momento inicial do processo. Provavelmente uma minúscula partícula mutante instalou-se em seu espírito desde que botou os pés no Rio, ou mesmo antes, quando tomou a decisão de se aventurar numa nova realidade. Nenhuma dúvida resta, entretanto, sobre o longo período em que José passou a operar pequenas modificações em sua maneira de encarar a vida, em seus gostos, em sua estética no mais amplo sentido da palavra.

A tomada de consciência sobre o rótulo discriminatório de paraíba, em seus primeiros dias cariocas, foi fundamental para a racionalização do processo. Mas o que ocorreu no território irracional fez com que a coisa se acelerasse em níveis incontroláveis, pegando-o de surpresa e, de certa forma, violentando seu *modus vivendi*.

Conviver diuturnamente com as meninas bem cuidadas, sensuais, educadas e cheirosas da Zona Sul desvendou-lhe o lado tosco, obtuso e celulítico das mulheres que antes o excitavam. Sabia que as meninas ricas não estavam a seu alcance, mas preferia tê-las na imaginação a continuar com as pobres rampeiras que a vida lhe permitia alcançar.

O desdobramento do que aconteceu com a Feira de São Cristóvão e a Vila Mimosa era absolutamente previsível: seu relacionamento com outros imigrantes nordestinos escasseou até quase desaparecer. As conversas não lhe interessavam mais, pertenciam a turmas diferentes, tornaram-se estranhos. Nem mesmo com seu benfeitor, Olinto, voltou a contatar.

Passou a policiar suas expressões regionais, seu sotaque, até suas saudades. Interessou-se por coisas que antes nem sequer lhe passavam pela cabeça, como pelo que as grifes significavam para aqueles que as usavam. Começou a prestar atenção a cada acessório usado pelos clientes que atendia, a seus trejeitos, sua forma de manifestar opiniões, seu jeito de falar. Admirava-os, queria ser como eles.

Desparaibar-se tinha um preço caro e um risco altíssimo: sair de um lugar sem conseguir entrar no outro, saltar para o lado oposto do penhasco e ficar flutuando no vazio ou — pior — estatelar-se lá embaixo.

José nem chegou a aceitar o risco; simplesmente não o detectou em seu radar. Foi empurrado para aquela situação pelas circunstâncias que, segundo acreditava, eram o inevitável cumprimento de seu destino. Adotou a solidão como companheira e a imaginação como área de lazer.

Domingos e feriados, misturava-se aos que se exercitavam à beira-mar, caminhando na pista de asfalto que se transformava em passeio público, para degustar o convívio com seu grupo aspiracional. Confundia-se com a elite que ali desfilava, identificando alguns famosos e ignorando solenemente grandes nomes que escapavam a seu horizonte de informação, ligava-se em todas as conversas por mais fragmentadas que fossem, deliciava-se com os papos sobre viagens internacionais, que lhe soavam como interplanetárias, tentava assimilar por osmose o poder aquisitivo, a atitude intelectual, a postura altiva que só as classes dominantes conseguem imprimir em seus gestos. Portava com certo garbo os óculos escuros que o aproximavam um pouco mais do glamour descontraído ali reinante, e lhe permitiam perscrutar cada alvo que lhe atraísse o olhar sem que o alvo se desse conta do quanto estava sendo estudado. Perdeu a conta das camisetas que, ostentando no peito Michigans, Berkeleys, UCLAs, Sorbonnes, Cambridges, Harvards e outras universities, ou Las Leñas, Cancun, New York, Paris, London, Aspen e outros destinos festejados, cruzaram em seu caminho sobre caixas torácicas que pareciam esfregar na cara dos demais caminhantes seu invejável currículo de viagens.

Não raro, flagrava discussões de casais que pareciam sair ao sol para expor ao mundo suas deselegâncias de relacionamento e acompanhava negociações ao celular que poderiam ser entendidas como monólogos de exortação ao poder financeiro, enquanto desviava de skatistas desgovernados.

Emocionava-se de modo especial tanto com velhinhos empurrados em cadeiras de rodas por enfermeiras como com bebês conduzidos por babás, em ambos os casos, nos dois extremos da vida, desassistidos de vida familiar, obrigados a se contentar com os raios solares na falta do calor humano que parecia ser-lhes negado. José se identificava com as duas solidões desfilantes: a dos conduzidos e a dos condutores, estes invariavelmente de origem modesta e, em sua maioria, nordestinos como ele, uniformizados de branco para sinalizar a todos que não pertenciam àquele clube de privilegiados, que nada mais eram que humildes serviçais vestidos de invisibilidade.

O roteiro básico dessas caminhadas começava no final do Leblon, se estendia por toda a Ipanema e acabava no Arpoador, onde algumas vezes, antes de retornar, chegou a fazer um pouco de ginástica nas barras e pranchas disponibilizadas ao público, só pra se sentir integrante do grupo de parrudos que naquele local reforçava seus inflados feixes de músculos. Pelo caminho, distraía-se com as performances de escultores de areia, executores de embaixadinhas com os mais inusitados tipos de esferas, capoeiristas, grupos musicais diversos, recreadores infantis, promotores de produtos que a todos presenteavam com amostras muito bem-vindas e folhetos quase sempre desprezados. Na altura da rua Vinicius de Moraes, cartazes manuscritos pelo mesmo e insistente autor faziam-no parar por alguns minutos. Eram reflexões, desabafos, protestos bem articulados de alguém que compartilhava, com quem se dispusesse a ler, suas ideias sobre o cenário político, econômico e social do Brasil. José enxergava naquela manifestação semanal um quê de profeta Gentileza, e intimamente considerava a hipótese de um dia, quem sabe, vir a fazer algo do gênero, desde que, obviamente, chegasse a alguma ideia que merecesse tornar-se pública.

Em algum momento da rotina dominical/feriadal, detinha-se para apreciar exímios jogadores de futevôlei, divertir-se com as acaloradas discussões sobre se foi dentro, foi fora, foi dois toques, foi invasão e outros "fois" de praxe nas partidas de vôlei, e — magnífico desfecho — deitar-se na areia trajando apenas uma sunguinha de banho, ao lado de mulheres pseudocobertas por minúsculos biquínis. Para ele, os trajes de banho não passavam de trajes íntimos socialmente consentidos, sunga era cueca, biquíni era calcinha + sutiã, e a praia era o grande colchão natural em que todas as classes sociais se misturavam, se confundiam, se promiscuíam na revelação de tatuagens íntimas e detalhes anatômicos normalmente só revelados aos amantes e médicos.

Independentemente do dia da semana, mesmo naqueles em que trabalhava de forma exaustiva, José nunca deixava de lado suas atividades prediletas: ler tudo o que pudesse, captar todas as conversas alheias que conseguisse e criar personagens com as pessoas que cruzavam seu caminho. Escolhia seus personagens aleatoriamente, batizava-os segundo as características que mais o impressionavam e inventava-lhes enredos.

Construindo fantasia com a matéria-prima da realidade, sem se dar conta, criava.

Rio de Janeiro, dois de novembro de dois mil e um.

Painho,

Já faz dois anos que tô no Rio. E não é que o mundo não acabou?

Passei um susto danado com aqueles aviões derrubando os prédios nos Estados Unidos. Pensei: "Pronto, o miserento do Nostradamus errou por pouco. O que era pra acontecer em dois mil ficou pra setembro de dois mil e um." Aquela desgraceira toda mexeu muito comigo. Depois foi um tal de guerra e bombardeio que parecia que tudo tava por um fio, mas graças a Deus tamos nós aqui, cheios de planos e história pra contar.

O emprego no café da livraria é tudo de bom. Nunca mais perturbei seu Olinto com nada.

Vivo agora cercado de livro e gente bacana por todo lado. Gente sabida, que sabe tanto que transborda. Eu, que não sou bobo nem nada, fico só na moita, pegando rebarba. Escuto, anoto e leio como um condenado. Livro que o patrão me empresta e outros que comprei, já li uns oito, fora o jornal, que fica largado no café e eu devoro todo dia, mais por artigo e crônica que eu adoro do que por notícia que me dá nojo, e que a gente acaba sabendo de um jeito ou de outro, né?

Minha casinha nova é pobre que nem a outra, mas o lugar é mais jeitoso. Chama Chácara do Céu e tem até vista pro mar. É mole? Em volta é tudo morro bonito e árvore. Achei uma que lembra o abacateiro aí de casa e tratei logo de comprar um facão bem afiado, que fico jogando no tronco pra imitar o Pena Vermelha, como eu fazia quando menino. Circo bom aquele Azteca. Soube que, em mil novecentos e sessenta e um, um circão americano pegou fogo perto daqui, em Niterói, coisa triste demais, com muita criança morta. Mas que, por causa disso, um xará meu, José das tantas, teve a ideia de virar profeta, e ficou famoso pra daná. Profeta Gentileza, é como o povo chama. Me impressionou muito essa história.

Aqui no Rio tem um bocado de gente diferente. Só no Leblon encontro cada figura... imagino como é a vida deles, pessoas de posses, e de poses também. Alguns, famosos que até aparecem na televisão, artistas mesmo. Outro dia, andando na beira da praia, passei por três deles, da novela das oito. E descobri que tem um cara em Ipanema que escreve umas coisas abusadas em cartazes e coloca na rua pra todo mundo ler. Gostei daquilo. Dizem que o Profeta Gentileza escrevia coisas pela rua também, mas eram diferentes, mais pacíficas.

Ipanema fica pertinho do Leblon, que fica pertinho donde eu moro. É só ir andando direto pela praia que, quando vê, já tá. Muito bom de domingar por esses lados.

Resolvo quase tudo andando. Quando vou mais longe ou tô com pressa, tem muita fartura de ônibus.

Só por garantia, e pra tirar uma onda também, entrei numa autoescola e aprendi a dirigir. Novidade boa, passei em todas as provas, até no tal do psicotécnico. Durante as aulas, desfilava de carro pela cidade cheio de marra. Quero ter meu carro um dia, carteira já tenho. Quem sabe viro motorista de táxi, carregando gente rica pra cima e pra baixo. Mas, se não conseguir, já senti o gostinho de dirigir na cidade, a mulherada toda olhando pra mim.

Alguma coisa tá mudando na minha cabeça, desmanivado geral.

Também tô tomando mais gosto pela escrita. Percebeu como a carta tá caprichada? Quanto mais ideia a gente bota pra dentro, mais ideia aparece, e uma coisa se liga na outra como se já tivesse tudo combinado, igual quebra-cabeça.

Outro dia, escrevi uma frase sobre isso que me deixou de peito estufado: IDEIAS SÃO FELIZES COINCIDÊNCIAS. Parece até sabedoria de Agenor, tem sustância, não acha? Já repeti essa frase umas mil vezes, que nem repito as frases de meu pai. Ideias são felizes coincidências... tô ficando cabeçudo, véio.

Comprei um dicionarão pesado, onde acho tanta da palavra nova. Ajuda a entender melhor o que ando lendo. É muita coisa pra aprender, mas não me entrego.

Mais um pouco e vou ser alguém, meu pai. Pode apostar.

Receba daqui o abraço apertado de seu filho, um pouco mudado, mas que continua o mesmo,

José

OITO

Tamborilar *(de tamboril + ar) V. int. Tocar com os dedos ou com um objeto em qualquer superfície, imitando o rufar de tambor. (Dicionário Aurélio Século XXI)*

Dedos tamborilantes, no balcão, na mesa, na coxa, no queixo, eram a marca registrada de Agenor, herdada por José, que, graças ao dicionário, sabia agora como se referir àquela compulsão genética. Tal pai, tal filho. Funcionava na maioria das vezes como uma espécie de ativador de raciocínio, digitação de teclas invisíveis que acionavam os programas da imaginação, o que não impedia seu uso mais difundido como gesto mecânico dissipador de tensão.

Agenor sorria por dentro quando via Zequinha tamborilando especialmente nas sessões de arremesso de faca ao abacateiro, mão direita na ponta da lâmina, mão esquerda tangendo a perna. Era a manifestação máxima da herança paterna, já que só aquele pai e aquele filho tamborilariam numa situação esdrúxula como aquela, ninguém mais.

Durante seus lançamentos de facão contra as árvores da Chácara do Céu, as mãos do José adulto moviam-se exatamente como as do José menino, mas as ideias que os dedos nervosos disparavam na atual realidade carioca insistiam em remetê-lo ao constrangedor mal-entendido da primeira manhã do ano dois mil. Pega! Ladrão sem vergonha! Paraíba de merda! Cada expressão de agressividade e desprezo continuava ecoando em sua cabeça como se ouvida agora. Cada tapa, cada chute, continuava doendo na alma. E contra as árvores, ali encarnando seus perseguidores, girava a afiada lâmina, espargindo brilhos pelo ar até fincar-se impiedosamente no alvo do gesto vingador. Ele, Dom Quixote; as árvores, moinhos. José nunca chegou a ler o famoso romance de Cervantes em sua versão completa, mas tornou-se íntimo da simplificada versão juvenil que dona Nerinha adotara como tema de várias aulas, o que é mais do que suficiente para absorver a ideia do ingênuo delírio heroico desenvolvida pelo grande escritor espanhol. De qualquer modo, esse comentário serve apenas para ilustrar o combustível imaginário de que nosso personagem dispunha, já que ele próprio nunca percebera qualquer traço quixotesco em sua personalidade. Certas coisas sobre nós mesmos sempre nos escapam. Preferem andar coladas às nossas costas, fora do alcance de nossos olhos, enquanto se exibem escancaradamente a qualquer um que nos observe. Mas, como a figura de Zeca atraía raríssimos momentos de observação, desfrutemos apenas nós dessa pitoresca e privilegiada informação.

Adilson Xavier

Em um dia normal de trabalho, lá está ele, queixo apoiado na mão esquerda, enquanto os olhos, fingindo passear pelo café onde ganhava seu pão, dedicavam-se à Siliconada da Academia, personagem fetiche de sua galeria mental, que, desavisadamente, devorava um sanduíche natural passando os olhos sobre revistas de design recém-adquiridas. Saradíssima em seus trinta e poucos anos e trajando shorts que enfatizavam coxas bem torneadas e quase tão musculosas quanto as de um jogador de futebol, ela não era exatamente um tipo sensual, enquadrava-se melhor na categoria das mulheres esculturais, dignas de uma martelada de Da Vinci no dedão do pé — Parla! Apesar da figura mais para o apreciável do que para o desejável, José encontrava um jeito de libidinar cenas corriqueiras como as passadas de língua para resgatar fragmentos de alface ou caquinhos de pão que a cada mordida no sanduíche se alojavam ao redor dos lábios daquela atlética fêmea. Imaginava-se em cópulas selvagens com a Siliconada, quando teria a oportunidade de conferir a sensação tátil de seios cientificamente construídos, ao mesmo tempo em que seria excitantemente dominado por furiosos abraços, sufocantes beijos e chaves de perna que lhe exigiriam a destreza dos lutadores de jiu-jítsu para conseguir escapar. Nada que, alguns hematomas depois, não terminasse com a poderosa se aninhando em seus braços, tão doce e desprotegida quanto a mais frágil das mulheres. Ela pede a conta, e a vida real se impõe abruptamente. Com a presteza que sua função exige, José lhe apresenta o papel com os valores consumidos, ela paga, ele traz o troco, ela deixa uma gorjetinha, e acabou-se a história.

Fã dos filmes de Zero Zero Sete desde os tempos de criança, desses que não perde uma única exibição na TV mesmo que seja a centésima reprise, José se identificava com o elegante agente secreto britânico a serviço de Sua Majestade — olha a monarquia aí de novo — e transferia para a Siliconada da Academia a honrosa posição de Bond Girl. Nas vezes em que a atendia no café, algo em torno de dois dias por semana, cantarolava mentalmente a inconfundível música que marca as aventuras do famoso herói em todos os seus filmes "Tchan, tchan, tchanraaaan, tchanran-ran". Para José, bastava sentir-se nobre, secreto, fleumático, vitorioso e irresistível para as mulheres, como o personagem criado por Ian Fleming. Acontecia nessa autoidentificação exatamente o oposto do que ocorria em relação a Dom Quixote: nenhum observador, por mais improvável e arguto que fosse, mesmo com privilegiadas informações sobre a vida de Zeca, jamais o associaria a James Bond. Espelhos e janelas dificilmente emolduram as mesmas imagens.

Outros alvos do olhar inventivo de Zeca desfilavam pelo café da livraria com alguma regularidade: o Pensador Inchado — homem muito culto, solitário, de olhar triste, com claros sinais de alcoolismo no rosto emaciado; a Rainha do Cofrinho — menina de uns vinte anos cujo guarda-roupa parecia só aceitar calças de cintura baixa, invariavelmente usadas sem cinto e com blusinhas curtas, tudo conspirando para a visualização daquele magnético rego; o Bicho Frágil — rapaz magérrimo, com batas fora de época e óculos de grau aramados e redondos no estilo John Lennon, que devorava livros regados a sucessivas xícaras de chá de camomila; Dona Esticada — mulher de certa idade e incerta aparência, submetida a inúmeras reformas em clínicas de cirurgia plástica. Alguns eram frequentadores mais raros. Dois deles, mais tarde, desempenhariam papéis marcantes em sua vida: o Senhor da Boina e o Amante das Palavras. Daqui a pouco, voltaremos a eles.

Melhor sair agora do ambiente de trabalho para literalmente arejar nossa percepção sobre os horizontes da seriíssima brincadeira criativa em que José estava empenhado. A rua era o terreno mais fértil para sua incessante colheita de personagens.

Gazela, por exemplo, era uma mulher de traços e atitudes tão finos que até em trajes de ginástica parecia estar ostentando vestidos elaborados por um grande estilista. Batizada em homenagem à "Pata da Gazela", de José de Alencar, tinha pedigree, caminhava com desenvoltura e altivez, ao mesmo tempo atraindo olhares e repelindo qualquer tentativa de aproximação, como se um campo de força a envolvesse em luz e a protegesse de incursões não autorizadas. É bem provável que essa inatingibilidade tenha sido a principal causa de José apaixonar-se por ela. Sabia que a deslizante Gazela não era pro seu bico, desconfiava sinceramente que houvesse algum homem sobre a face da Terra à altura daquela mulher. Mas isso não tinha a menor importância. Melhor adorar a deusa distante no inspirador território da imaginação do que chafurdar com as servas desinteressantes no lamacento terreninho da realidade.

Encontrá-la não era tão fácil assim. Por isso, tornou-se mais emocionante. Anotou os hábitos de sua amada que conseguira captar. Oculto sob as lentes dos indefectíveis óculos escuros, seguiu-a um dia até a porta do prédio em que morava, na avenida Delfim Moreira, endereço de luxo onde o mar podia saudá-la dobrando-se em ondas reverenciais todas as vezes que ela surgia na janela, e descobriu, com o coração em pedaços, que ela era casada com um jovem, rico e bem-apessoado empresário.

Numa das ocasiões em que a espreitou, percebeu que ela estava chorando. Imediatamente, atribuiu aquelas lágrimas a algum mau-trato do marido e começou a odiá-lo. Ela chorava bonito, tudo nela era bonito, ninguém tinha o direito de fazê-la sofrer. Para José, a Gazela era poesia, mais anjo do que mulher, o que a afastava naturalmente dos pensamentos luxuriosos. Tais pensamentos eram direcionados à Siliconada da Academia, que funcionava como as amantes dos maridos de antigamente, sempre disponíveis para as ousadias sexuais que soassem ofensivas à sensibilidade de suas cândidas esposas.

Também fora do café, mas numa situação fixa que simplificava a observação, o personagem Visconde ocupava um lugar especial. Era o simples porteiro de um prédio na avenida Visconde de Albuquerque, razão óbvia do apelido que recebeu, mas guardava algo precioso para José: a semelhança física com seu querido pai. Com este, José criou o laço do passante cumprimentante. Inventava pretextos para passar diante do prédio onde o Visconde trabalhava só para lhe endereçar um aceno ou um simpático "Bom-dia", que eram invariavelmente correspondidos com igual simpatia. Até nisso ele se parecia com o velho Agenor.

Mas, em matéria de cumprimento, ninguém chegava aos pés de outra personagem, batizada como Dona do Billy. Na verdade, eram dois personagens que se fundiam num só: ela e seu cão.

Billy era um típico cachorro de madame, poodle branquinho meio fru-fru, que ganhava até gravata quando cuidava dos algodoados pelos no pet shop. Nada o diferenciava dos milhares de poodles que saracoteavam e defecavam diariamente pelas calçadas do Leblon, exceto pelo fato de sua dona, além de rigorosa coletadora dos cocôs produzidos por seu acompanhante, ser também a mais atenciosa moradora do Leblon com os esquecidos do bairro.

Enquanto passeava com o inseparável companheiro, andando com a dificuldade que algum problema de saúde não identificado lhe impunha às pernas, a Dona do Billy fazia questão de cumprimentar porteiros, empregadas domésticas e moradores de rua. Não havia um mendigo sequer da praça Atahualpa ou dos que faziam ponto em frente à Igreja de Santa Mônica, frequentada pela devota senhora, que não a tratasse com intimidade familiar, não tivesse recebido alguma ajuda dela, e não soubesse o nome do assanhado cachorrinho, escolhido em homenagem a um igualmente assanhado ex-presidente norte-americano.

José não se expunha nem à dona nem ao cão. Preferia admirá-los de longe, tentando extrair algum ensinamento daquela dupla de papéis tão integrados que era difícil saber quem levava quem para passear. Billy era mais conhecido do que José. A Dona do Billy, com sua simples e despretensiosa atitude de vida, era mais relevante para muito mais gente do que José. Para quem deixou suas raízes e seu passado em busca de ser alguém, aquilo era um sinal angustiante da distância que o separava de seu objetivo.

Em sua vida pregressa de interiorano baiano, também havia um cachorro. Chamava-se Baleia, referência à sofrida cadela de *Vidas secas*, de Graciliano Ramos, livro várias vezes abordado por dona Nerinha nas saudosas aulas, que lhe fora presenteado por seu pai e acabou trazido para o Rio, misto de talismã e destaque de cabeceira. A ironia de dar o nome de Baleia a uma cadela que esturricava sob o sol escaldante do desidratado sertão nordestino elevou exponencialmente a memorabilidade daquele romance e a admiração de José pela criatividade do autor. Aprendeu ali que uma dose de humor é sempre bem-vinda, mesmo em narrativas carregadas de sofrimento. Para Zeca, o fato de masculinizar Baleia na vida real tinha um gostinho de piada particular.

O Baleia de José também não teve um final feliz. Morreu atropelado por um caminhão de entrega de bebidas que chegava para abastecer o concorrente do boteco de Agenor. Nos cinco anos de convívio entre o rapaz e seu cão, centenas de risadas, brincadeiras e momentos encantadores foram vividos, mas a tristeza da morte sufocou tudo aquilo. Impactado aos dezoito anos pelo triste fim de seu fiel amigo, José nunca mais quis saber de animais de estimação. Preferiu seguir com seu Baleia preservado no coração, de onde lhe permitia escapar uma vez ou outra para reencarnar em outros cães que lhe despertavam as boas lembranças daqueles dias, mantendo-se a salvo de novas estocadas da indesejável das gentes, no seu caso, também indesejável dos cães.

Billy era um desses cães especiais. Sua dona jamais viria a saber da dupla personalidade que lhe era atribuída por aquele estranho e silencioso cultivador de ideias. De uma hora para outra, transformava-se de Dona do Billy em Dona de Baleia.

Os livros desempenhavam papel altamente estratégico na construção do imaginário de Zeca, alguns degraus acima do que normalmente desempenham no imaginário de todos os leitores. Ao clássico de Graciliano trazido da Bahia, juntaram-se outros adquiridos no Rio. *Cem anos de solidão*, de Gabriel García Márquez, por exemplo, ganhou posição de destaque pela identificação do título com o extremo isolamento vivenciado por ele desde a sua chegada à cidade grande. Eram escolhas de nível admirável para alguém de tão escassas possibilidades, só tornadas possíveis pela semente plantada por Agenor e diligentemente regada por dona Nerinha. Leitura bastante complexa, que lhe exigiu idas e vindas, e incontáveis buscas no providencial dicionário, que nunca lhe negou ajuda.

Não fossem os livros, José não teria como se divertir com os interessados em saber sua cidade de origem. Prometendo a si próprio, por mero capricho, que não revelaria a ninguém o nome do lugar de onde viera, dizia ser originário de Macondo, cidade criada por Gabriel em seu premiado romance. A declaração de origem, feita com ensaiada naturalidade pelo rapaz, provocava reações desconcertantes e sorrisos amarelos nos enxeridos: "Ah, sim. Tenho uma vaga lembrança. Na verdade, não sei onde ouvi falar esse nome. Ou será que não ouvi?" Frases evasivas como essas enriqueciam seu anedotário particular.

Eram apenas livros, diriam os críticos. E estariam corretos se não fosse impossível aos livros se circunscreverem ao papel de serem apenas qualquer coisa. Livros nunca são apenas. Em se tratando de José, essa era uma verdade incontestável. *Vidas secas* era pé no chão, *Cem anos de solidão* era cabeça na lua. *Vidas secas* era José dos Santos, *Cem anos de solidão* era Espínola. *Vidas secas* e *Cem anos de solidão* eram as duas faces de uma mesma moeda. E é bom parar por aqui, antes que comecemos a nos embrenhar pelo que outras obras literárias significaram para ele e nos percamos num sufocante emaranhado de reflexões. Livros eram o combustível de sua imaginação. Isso diz tudo. Pelo menos, por enquanto.

Diante de tamanha conexão entre Zeca e a literatura, justificadíssimo está que dois personagens ligados ao café da livraria e à escrita encerrem com chave de ouro nosso tour descritivo dos melhores momentos da Galeria Espínola.

O Amante das Palavras era publicitário, mais precisamente redator — profissão que José sequer sabia existir e cuja descoberta detonou uma agradável recapitulação dos comerciais de TV armazenados em sua memória. Devia morar perto da livraria, já que passava por lá em horários irregulares e em trajes que variavam do básico ao absolutamente caseiro. Fazia o gênero descontraído, quase relaxado, mas sempre com um quê de modernidade. Chamava a atenção pelo gritante contraste entre seu despojamento visual e o conteúdo de suas conversas. Parecia entender um pouco de tudo, mas esse pouco era mais do que suficiente para sustentar debates sobre política, filosofia, psicologia, bastidores do mundo dos negócios, descobertas científicas e, principalmente, ideias.

Como trabalhava na área de criação, interessava-se por todos os assuntos, lia sobre tudo, ouvia todo tipo de música, via todo tipo de filme, e isso o tornava uma pessoa bem interessante. Para José, deslumbrante.

O bom humor era outra característica marcante daquele jovem ou maduro com cara de trinta e poucos ou quarenta e muitos anos. Nas tentativas de adivinhar sua idade, Zeca chegou à conclusão de que as pessoas criativas são imunes aos efeitos do tempo. Tinha sacadas rápidas e inteligentes, contava histórias divertidas, era mestre em apelidar seus muitos amigos e poucos inimigos, provocava riso nos outros e ria junto, muitas vezes colocando a si próprio como alvo da piada. Enfim, era a personalidade descontraída que José ocultava no peito, encarnada e atuando com desenvoltura diante de seus olhos.

Na primeira vez em que apareceu no café, estava sozinho, quer dizer, acompanhado de dois livros recém-adquiridos. Era inverno. Pediu um chocolate quente e entregou-se à curiosidade sobre seus acompanhantes até então abrigados na sacola plástica com a logomarca da livraria. Logomarca viria a ser uma das várias palavras que José aprenderia nas conversas do publicitário em suas futuras visitas. Foi uma primeira vez de baixíssimo impacto, por ter coincidido com a quase onipresença da Siliconada da Academia, que lhe opôs uma concorrência pra lá de desleal. Naquele dia, José a observou com tamanha intensidade que acabou sendo percebido, atingido em cheio pelo desconfiado olhar que se opôs ao seu, bem no clima dos filmes de espionagem em que costumava imaginar-se contracenando com ela. Lembrou-se imediatamente do flagra que levou quando espionava dona Quitéria pela janela de seu quarto adolescente e ficou igualmente atrapalhado.

Houve ocasiões em que o Amante das Palavras chegou acompanhado de sua mulher, mais comportado. Outras em que encontrou um ou outro amigo, mediana e oscilantemente comportado, dependendo de quem fosse o amigo. E outras em que se reuniu com colegas de profissão, cem por cento não comportado. O ritmo das conversas entre os criativos publicitários era estonteante. Frases disparadas em fogo cruzado sobre a mesa eram rebatidas como bolas de pingue-pongue, e quem deixasse a bola cair se rendia em gostosas risadas de reconhecimento à indefensável cortada do adversário.

José desejava ardentemente participar daquele jogo. Com a mesma intensidade, temia não ter cacife para jogar, até porque era impressionante a quantidade de termos em inglês que eles misturavam com o português a ponto de quase formar uma terceira língua. Acima de tudo, sonhava ser hábil, ousado e certeiro como aquele cara que tratava as palavras com a intimidade só concedida aos amantes. Fazia o que queria com elas em anúncios, em pequenos filmes de trinta segundos, em cartazes que lhe exigiam concisão espartana e, sim, contos. José concluiu que os redatores publicitários, quando não exercem seu ofício de criar peças para vender produtos, deleitam-se em escrever contos, formato em que se sentem mais à vontade, sem dúvida, por estarem habituados a desenvolver raciocínios que se concluem rapidamente. Se isso não acontece com todos os redatores, pelo menos era assumido como verdade por aqueles que frequentavam o café da livraria.

Um encontro do Amante das Palavras que se repetiu três vezes destacou-se com folga sobre todos os demais, tornando-se a síntese de todos os quereres espinolares. Deu-se com um ex-publicitário de mais idade, que havia trocado a eletrizante vida da criatividade nos cinquenta metros rasos pela dignificante vida das longas maratonas literatura adentro. Transformou-se de redator em escritor. Óbvio que essas informações só foram plenamente captadas depois de algum tempo de conversa, muito prazerosa por sinal. Ironicamente, o primeiro diferencial visível daquele interlocutor supermagnético não era o que ele trazia dentro da cabeça, mas em cima dela: uma boina.

O Senhor da Boina era baiano. Valei-me! O coração de José bateu mais forte quando identificou seu sotaque natal em alguém tão bem-sucedido, tão à vontade no cenário carioca que se dava ao luxo de portar um adereço craniano bastante raro no Rio, e — o melhor — reverenciado por todos.

O fato de se ter encontrado três vezes com o Amante das Palavras de forma alguma o colocava como coadjuvante do outro. Muito pelo contrário, ele era infinitamente mais conhecido do que seu amigo e deixou isso bem claro nas diversas ocasiões em que dividiu sua mesa com jornalistas, professores e outros escritores.

Longe de ser um habitué, suas chegadas eram celebradas como ocasiões especiais. Tinha nome graúdo nos meios literários e muitas de suas obras estavam à venda naquela mesma livraria. Dizia-se até que seu caminho para a Academia Brasileira de Letras já estava pavimentado.

Somente o sentimento de existirem dimensões apartadas entre o escrito e o vivo, como se todos os autores fossem obras de ficção, pode explicar o fato de José ter custado tanto a perceber de quem se tratava. Foi preciso que uma admiradora, de livro em punho, viesse buscar um autógrafo, para que seus olhos finalmente se abrissem.

O café teimava em saltar da tiritante xícara que levou até o escritor. Nunca imaginara chegar perto de um conterrâneo cujo presente fosse tão idêntico ao futuro que gostaria de ter. Era um escritor de verdade, vindo de um lugar pequeno e no interior da Bahia de verdade. Uma overdose de verdades esfregadas na cara de quem ficava muito mais à vontade em suas utopias do que na vida real. E a mais incrível dessas verdades era a naturalidade como aquele ser especial agia, como as mãos capazes de preencher tantas e tantas páginas de textos envolventes pegavam a asa da xícara e a levavam à boca igualzinho a todas as mãos, como o Senhor da Boina ria, falava e gesticulava de maneira que não denunciava a bagagem de sua produção criativa. Para os que não sabiam de quem se tratava, era só um baiano feliz conversando fiado com seus amigos.

José torcia para que ele aparecesse, ansiava pela oportunidade de lhe dirigir a palavra, mas suava frio só de pensar nessa possibilidade. Tinha medo de soar ridículo, mas adorava saber que seu destino se concretizara noutra pessoa. O Senhor da Boina provava ao mundo que Espínola era possível.

Famosos ou anônimos, lacônicos ou prolixos, introspectivos ou extrovertidos, os personagens particulares de José eram todos submetidos ao mesmo raio X imaginário, que incluía inventar onde moravam, que angústias sofriam, que culpas carregavam, que segredos guardavam, de que taras e vícios se envergonhavam. Haveria dentre eles algum psicopata? Quem sabe um assassino, um semideus, um benfeitor ou aterrorizador da humanidade?

Desde que os ataques terroristas ao World Trade Center desencadearam uma torrente de notícias sobre homens-bomba, Zeca tinha passado a considerar a hipótese de que qualquer pessoa poderia ocultar impulsos tão destrutivos que não poupariam nem sua própria vida e intrigava-se com as reais motivações daqueles sanguinários que se enxergavam como heróis. E se todos nós fôssemos potencialmente explosivos, dependendo apenas de uma composição de idealismo, fanatismo, ódio, loucura e vaidade para detonar tudo o que tivéssemos pela frente? Al Qaeda e Bin Laden, aqueles nomes estranhos com atitudes idem, vez por outra se infiltravam entre os personagens que transitavam no cotidiano de José, provocando-lhe pensamentos escabrosos: um padre-bomba camuflado entre sacerdotes de verdade, cheio de dinamite por baixo da batina, pronto para explodir o papa numa cerimônia pomposa; uma baiana do acarajé-bomba, mandando pelos ares seus clientes flatulentos que potencializariam a explosão original envenenando o ar com gases tóxicos à base de dendê; clientes, tipos, transeuntes diversos, independentemente de sinais ou características particulares, todos carregando misteriosas tendências, nem sempre bombásticas ou assustadoras, mas, no mínimo, alucinadas. Não havia limites para a imaginação de José, e isso era incontrolavelmente excitante para quem levava uma vida cercada de limitações.

NOVE

A foto feita com seu pai no aniversário de dezoito anos era a última lembrança feliz da Bahia. A partir dali, as coisas começaram a desandar: o movimento no boteco foi gradualmente afetado pelo crescimento do armazém em frente, Agenor começou a se comportar de um jeito estranho, e Baleia foi morto naquele acidente estúpido.

Dois meses depois da foto, José sofreu a perda de seu amigo quadrúpede, um sofrimento agravado pela indiferença do motorista do caminhão de entrega, e pelo sorriso sarcástico de Genivaldo, dono do armazém concorrente de seu pai, diante do ruidoso choro que se seguiu ao atropelamento do cãozinho.

— Seja homem, rapaz! Chorar desse jeito é coisa de menina — relinchou o insensível comerciante. — É só um bicho. Eu compro outro procê. Deixa de drama!

A indignação do rapaz explodiu na resposta que transformou o que até ali era rivalidade comercial em ostensiva inimizade.

— Pega teu dinheiro e compra um macho pra tua mulher, que tu não dá conta dela, seu corno!

Zeca falou aquilo só pra ofender. Exceto pelo comentário brincalhão sobre as pequenas dimensões penianas do concorrente, feito por um freguês do boteco que dividira o chuveiro com ele depois de uma pelada domingueira, não havia qualquer respaldo para um questionamento conjugal daquela gravidade. Óbvio, o tempo fechou imediatamente. Genivaldo, bem mais forte que o franzino oponente, iniciou a travessia da rua partindo pra cima do rapaz. Este, num ato reflexo, recuou até o balcão para voltar com um facão em punho antes que seu adversário alcançasse a porta do boteco. José parecia estar possuído por um espírito que transbordava agressividade, nenhuma de suas atitudes combinava com o menino pacato que todos conheciam. A morte de seu querido cachorro, combinada com a continuada decadência dos negócios de seu pai, resultou na erupção de uma atitude surpreendentemente explosiva. Nem ele próprio acreditava no que estava fazendo.

Diante da desgraceira iminente, acorreram vizinhos e passantes. Gritaria geral.

Genivaldo havia recuado dois passos ao perceber que o rapaz estava armado, e sua hesitação multiplicou por mil a coragem e a insanidade momentânea de Zeca.

"Calma, Zezinho, tu é um bom garoto!"

"Relaxa, Genivaldo, o menino não falou por mal!"

Frases no melhor estilo "deixa-disso" ecoavam por todos os lados, tentando evitar que o combate acontecesse. Os dedos da mão esquerda de José tamborilavam freneticamente sobre a parte alta da coxa, como se, além do facão brandido pela direita, houvesse um revólver invisível prestes a ser sacado e disparado pela canhota.

Adilson Xavier

Despertado pelo vozerio, Agenor, que cochilava na casa dos fundos, irrompeu em cena, deparando-se com aquela representação humana das brigas de galo: dois contendores girando num círculo imaginário diante de uma plateia histérica, pródiga em palavras, mas que nada fazia de concreto além de assistir. Agenor fez. Interpôs-se entre o filho e o concorrente, estilhaçando o campo magnético que os mantinha em distância razoavelmente segura, e ribombou um sermão bidirecional que valeu o espetáculo:

— **Vamos parar com essa palhaçada na porta do meu estabelecimento! José! Ô Zeca, que negócio é esse de puxar faca pros outros? E que palavras foram aquelas que eu escutei lá dos fundos, ofendendo um homem que tem quase a idade do seu pai? Dá aqui esse facão. Tu tem corpo de menino, mas já é de maior. Dezoito anos, meu filho, não esquece.**

A ordem foi obedecida sem discussão, seguida pelo arremesso da arma por cima do balcão do boteco.

— **Agora, seu Genivaldo, francamente. O que leva um homem parrudo e vivido como o senhor a querer bater no meu Zequinha? Que coisa mais sem propósito!**

Em toda a rua, o único som perceptível era a voz de Agenor. Um silêncio sepulcral se abateu sobre a cena a partir de sua aparição.

Numa embolada de soluços e palavras, José, ainda com o rosto banhado em lágrimas, contou ao pai o que havia acontecido com Baleia. Agenor o acolheu num abraço mais eloquente que as palavras, fazendo muita gente fungar e esfregar os olhos de emoção. "**Oh, meu filho! Eu sei o quanto tu tá sofrendo. Tô do teu lado** sempre, viu? Só não deixa tua dor degringolar em violência e desrespeito. Pede desculpa pro Genivaldo que esse povo aí em volta tem mais o que fazer."

José se desculpou, olhando para o chão. Recebeu de volta a aceitação das desculpas, com o sorriso envergonhado de quem não conseguiu articular nenhum raciocínio ou esboçar qualquer reação a partir do momento em que Agenor assumiu as rédeas do episódio. Eram como dois meninos, flagrados num desentendimento banal e submetidos à lição de moral de um mestre.

Genivaldo sentiu-se pequeno. Embora fosse fisicamente maior e comercialmente mais poderoso do que Agenor, dobrou-se com docilidade à robustez de seu espírito e à solidez de suas palavras.

José sentiu-se grande. Independentemente de ter sido desarmado, chorado em público e subjugado pelo pai, mostrou a todos que não tinha medo de enfrentar quem quer que fosse, provou a si mesmo que era um Homem com agá maiúsculo e adicionou mais um fato memorável à sua extensa coleção de motivos para admirar o bom e velho Agenor.

A tristeza com nuances de revolta pela morte de Baleia foi purgada lentamente, em sucessivos dias de facas arremessadas em seu quintal. Ninguém desconfiava de seu mais lúgubre segredo: Genivaldo havia se transformado em abacateiro.

Encarregado de diluir os contornos dramáticos do embate causado pelo atropelamento do cãozinho, o tempo fracassou em erodir o ponto crucial da questão. No coração de Genivaldo, assim como na cabeça de todos os moradores da cidade, instalou-se inquietante suspeita sobre a estabilidade de sua vida sexual. A vida de dona Carola, até então tida como dedicada e fiel esposa, nunca mais seria a mesma.

Por ser pai de três mocinhas — Idalina, Coralina e Juventina (ah, os nomes) — e não ter conseguido gerar nenhum filho homem, o dono do armazém acreditava que havia algo errado com seu esperma. A crendice de que gerar macho não era tarefa pra qualquer porrarala encontrou em seu complexo de inferioridade um ambiente bastante propício ao desenvolvimento.

Mais grave do que isso foram os primeiros sinais de impotência ocorridos pouco antes do entrevero com José. As duas broxadas em dois meses seguidos eram assunto da mais alta confidencialidade, restrito somente a ele e dona Carola. Como poderia ter chegado aos ouvidos do moleque filho de Agenor? Estaria ele sendo corneado pelo próprio Agenor, um viúvo vistoso e sem fêmea disponível para descarregar seus estoques de sêmen?

Zeca mirou no que viu e acertou no que não viu. Nem ele, nem ninguém além do casal, sabiam de coisa alguma. Mas não havia jeito de a sofrida mulher convencer o desconfiado marido de que tudo não passara de uma maldita coincidência temática.

Genivaldo assumiu que sua mulher o traía e que havia revelado a um ou mais de seus amantes, provavelmente entre gemidos de prazer, o segredo de que tanto se envergonhava. Tornou-se um homem amargo e grosseiro. Seu delírio sobre um possível caso de dona

Carola com Agenor despertou-lhe ganas de levá-lo à bancarrota.

Com uma frase inconsequente lançada sobre seu desafeto no calor de uma discussão, José fez mais estragos do que teria feito se, em vez de palavras, tivesse lançado o facão com que o ameaçara.

O ápice da vingança de Genivaldo aconteceria dois anos depois, quando, já igualmente viúvo, apresentaria ao alquebrado Agenor sua proposta de comprar o boteco de onde vinha seu sustento.

A morte de dona Carola em circunstâncias misteriosíssimas, vítima de uma repentina e mal explicada intoxicação alimentar, fez circular pela cidade a versão de que ela teria sido envenenada pelo marido. Como nada se provou nem se tentou provar, mantiveram-se ambas as versões: a oficial da doença e a popular do assassinato, com larga vantagem para esta última.

DEZ

"**Sincronicidade** — *ocorrência simultânea de certos estados psíquicos com um ou mais eventos externos que aparecem como paralelos de pensamento ao estado subjetivo momentâneo.*"

CARL JUNG

(Extraído do artigo de John K. Hammelton, "A Psicologia de Carl Jung", publicado no site "Pausa para a Filosofia".)

Quando o Senhor da Boina e o Amante das Palavras se encontraram pela terceira vez, José relembrava o incidente com Genivaldo e suas teses sobre o assassinato de dona Carola, assumindo vaidosamente a porção James Bond que lhe cabia. Na hora do aperto, havia enfrentado o inimigo destemidamente e mais tarde havia desvendado em seu íntimo a forma ardilosa como ele se livrara da inocente esposa. Por pouco não cumpria também o lado sedutor de Zero Zero Sete, e justamente com as filhas do vilão. Cultivava admiração especial pelos peitos da primogênita, pelas pernas da segunda e pelo rosto da caçula. Uma sequência tentadora de meninas de quinze, catorze e doze anos, que Zequinha evitava a todo custo, por conta do detestável pai que as havia posto no mundo. Meter-se num enredo shakespeareano de segunda classe naquela altura dos acontecimentos? Isso nunca.

José achava o máximo o nome do agente secreto britânico que, a seu ver, jamais colocaria os pés numa cidadezinha como a sua, mas que, em lá estando, talvez agisse como ele, enfrentando o satânico Genivaldo e não se deixando enganar por aquele papo-furado de intoxicação alimentar. Meu nome é Bond, James Bond. Soava bonito. Estava convencido, a exemplo de seu pai, de que os nomes são elementos fundamentais para o sucesso e que um agente secreto que se preza jamais se apresentaria dizendo "Meu nome é José, José dos Santos". O raciocínio de Agenor para lhe enxertar o Espínola no nome cada vez fazia mais sentido. Já não se importava tanto em saber a origem do estranho nome; bastava-lhe saber a intenção de quem o colocou no estratégico intervalo, entre José e dos Santos.

Desde que saiu de casa naquele dia e deu de cara com o vizinho esquisito que parecia espioná-lo, percebeu que não se tratava de um dia comum. Algo estranho pairava no ar, mais espesso do que de costume. Isso ficou claro no momento em que a passagem rotineira pelo prédio onde trabalhava o Visconde não atingiu seu objetivo. O porteiro, que tanto lembrava os traços de Agenor, não estava em seu posto para cumprimentá-lo e, segundo as convicções de José, abençoá-lo. Sem aquela bênção imaginária, sentia-se menos seguro.

E agora, quando tinha apenas uma mesa ocupada pelo coroa com jeito de milico aposentado e divagava entre Genivaldo, Carola e Zero Zero Sete, surgem os dois caras que mais o impressionavam. Dessa vez, juntos, já com a conversa andando, o que colocou Zeca em situação semelhante à dos ascensoristas que, enclausurados nos elevadores, tentam compreender o todo pelos fragmentos de diálogos dos passageiros que as breves viagens entre os andares lhes permitem escutar. Mas a continuação do papo na mesa do café, que durou cerca de uma hora e meia, foi mais do que suficiente para fazê-lo entender o que se passava, suar em bicas e desembocar num labirinto de perplexidades.

O importante encontro acontecia depois de diversas idas de ambos ao café, sozinhos ou com outras companhias, o que deixava José com razoável conhecimento de quem eram, em que trabalhavam e que características de cada um coincidiam com as que ele trazia de berço ou gostaria de conquistar.

O Senhor da Boina e o Amante das Palavras estavam alegres, visivelmente tratavam de algo que unia seus diferentes campos de atuação.

De uma pequena e estilosa pasta de material sintético laranja, o publicitário puxou uma folha de papel com algo escrito e a entregou ao escritor. Este leu a primeira linha em voz alta: "O Atirador de Facas. Já gostei do título." Ambos riram. José sorriu por osmose e encheu-se de curiosidade. O que viria depois de um título que tinha tanto a ver com seu universo infanto-juvenil?

Tratava-se de um conto, curto, seco, direto. Cabia em uma única página e mereceu elogios aparentemente muito sinceros daquele mestre da escrita. Era tudo o que José conseguira compreender. Faltava muito para ouvir e espionar. Novamente seu lado James Bond era convocado a entrar em ação.

— Rapaz, você escreveu um conto cheio de veneno! — disse o escritor depois de ler com atenção o texto impresso na folha.

— Só queria tirar um sarro, sem maiores profundidades.

— Não importa o que você queria. Importa é o que os leitores encontram. Depois que foi pro papel, já era, não te pertence mais.

— Você tá falando que nem crítico. Ai, que mêda!

— Já descobriram altas e baixas intenções em meus textos que nunca me passaram pela cabeça. De vez em quando, precisa pintar um analista no pedaço pra explicar o que a gente escreveu. Lembra de um papo que tivemos há alguns meses sobre a força do acaso, o sucesso acidental e a quantidade de imbecis e mal-intencionados em posições-chave no mundo de hoje?

— Verdade. Nem tinha me tocado. Ou tinha, sei lá, mas achava que era excesso de pretensão pro meu pobre continho.

— Seu conto é a tradução da nossa conversa, meu caro.

Adilson Xavier

— E só faz confirmar nossa tese. Se acertei, foi sem querer, parecido com meu personagem.

— Deixa de modéstia. A metáfora do circo com o atirador de facas é certeira. Sem trocadilhos! — Riram.

Aquela frase do Senhor da Boina desencadeou um processo de ansiedade que só aumentaria nos minutos seguintes. Os dois abriram parênteses na conversa para pedir mais café: "Zé, traz mais dois no capricho aqui pra gente!", encomendou o Amante das Palavras, que, de tanto frequentar o café, se habituara a tratar José com alguma intimidade. Antes de qualquer coisa, o atencioso garçom se apressou em anotar num guardanapo de papel a palavra "metáfora", que seria mais tarde buscada em seu dicionário salvador.

Os cafés foram preparados com menos capricho do que a encomenda especificava. As atenções de José estavam divididas entre o que eles falavam, o manuseio da máquina de café e algo que uma dona, recém-chegada com um menino malcriado a tiracolo, insistia em sinalizar: pedia o cardápio com urgência digna de náufragos. Isso lá era hora de chegar outra cliente, uma mala, e ainda por cima com aquele pestinha barulhento?

José mal conseguiu ouvir quando o publicitário discorria sobre os riscos de um número circense em que alguém lança facas na direção de outra pessoa. E se houvesse um erro que resultasse na morte da parceira do atirador? Seria ele processado por homicídio culposo, como um motorista que atropela alguém dirigindo em alta velocidade?

Fingindo o máximo de naturalidade possível, Zeca levou os cafés até eles, esticou os olhos como pôde, mas não conseguiu ler nada além do título que já estava devidamente decorado. Dali — que remédio? —, deslocou-se até a mesa dos indesejáveis clientes recém-chegados. Um refrigerante para o menino, um mate diet para a mãe, um misto quente para dividir em família e continuar dividindo a atenção de José.

Agora um jovem casal se aboletava na mesa quatro. Isso aqui tá virando uma festa, pensou. Dois cafés frappés, um carpaccio, uma quiche, e a conversa rolando entre os únicos clientes que realmente interessavam, e o papel impresso sobre a mesa, guardando segredos que José precisava desvendar, e o milico aposentado pedindo a conta. "Já levo, senhor!" Um a menos para distrair.

Chegou um jornalista amigo do Boina. Entre o abraço efusivo e a apresentação de praxe ao Amante das Palavras, este tratou de virar a folha do conto. "Muito prazer. Gosto muito de seus artigos." Pronto. Piorou tudo. Com o texto voltado para a mesa, não havia maneira de bisbilhotá-lo.

— Toma um café com a gente.

— Tô com pressa. Vim só comprar uns livrinhos.

— Um café é coisa rápida, e o nosso garçom aqui é craque. Traz mais três expressíssimos pra nós, Zé?

— Já que vocês insistem... o meu é com um pouco de leite.

— Dois pingados, que eu quero acompanhar meu amigo.

Adilson Xavier

— E o meu com creme, só pra variar um pouco.

— Mania de publicitário. Quer sempre ser diferente.

Risos. Quais são as novas? Há quanto tempo a gente não se vê? Essas e outras frases do gênero fundiram-se num turbilhão que não interessava muito a José. Enquanto tirava os cafés e os misturava com leite ou creme, seu único foco era a folha virada sobre a mesa.

Não comentaram sobre o conto com o jornalista, seria uma indiscrição. Para Zeca, um alívio. Quanto menos gente conhecesse o que estava naquele papel, melhor, desde que ele fizesse parte desse grupo de poucos. Faltava descobrir como. Precisava pensar rápido, antes que eles se retirassem, e isso estava prestes a acontecer. "Ô Zé!, quando trouxer nossos cafés, traz a conta junto, tá? Já ingerimos cafeína suficiente pra ficar uma semana sem dormir" Era o sinal de alerta disparado pelo Amante das Palavras.

José ralentou o ritmo de preparo dos cafés, ganhando tempo para acelerar os neurônios. Seguiu-se um diálogo silencioso, ele com sua consciência:

José: — Não dá pra ler o texto, tenho que pegar aquela folha.

Consciência: — Isso seria roubo.

José: — Roubo, não. É apenas uma cópia. Aquela pasta deve ter outras impressões e ele pode fazer quantas quiser apertando um simples botãozinho no computador.

Consciência: — Ok, não é roubo. Mas também não é certo. Tu não tem nada a ver com o que o cara escreveu.

José: — Tenho sim, ele fala de circo, de atirador de facas. Só lendo pra entender. Tá ligado ao meu tempo de menino.

Consciência: — Muito bem, sabichão, como é que tu vai meter a mão no bendito papel sem ser notado?

Com o rabo do olho, assegurou-se de que a conversa dos fregueses continuava fluindo e o papel continuava à sua espera. A essa altura, o pestinha do misto quente mostrou a que veio: derrubou refrigerante sobre a mesa e foi duramente repreendido pela chata da sua mãe.

José teve vontade de beijá-lo. O pivete acabara de lhe dar uma ideia.

Socorreu a mesa inundada de refrigerante com um paninho de alta absorção reservado especialmente para situações como aquela, simpaticamente ofereceu-lhe outra latinha de substância engordativa gaseificada e, com agilidade digna do The Flash, voltou à trincheira de seu balcão para acomodar sobre a pequena bandeja redonda as três xícaras cheias até a borda de encorpados e fumegantes cafés.

No trajeto entre o balcão e a mesa, lembrou-se do homem que se equilibrava sobre um fio de arame no circo de sua infância. Seus passos, contidos e calculados como os de quem pisa em terreno minado, davam-lhe postura e balanço corpóreo muito parecidos com os do velho equilibrista. Assim como no espetáculo circense, aquele era um momento de eletrizante tensão e abundantes gotas de suor passeando pela testa. Uma profunda inalação de ar, seguida de libertadora exalação, ajudou bastante a aliviar.

Adilson Xavier

Levou mais tempo psicológico do que físico. Os poucos metros que separavam o ponto "a" do ponto "b" foram percorridos com uma profusão de pensamentos que normalmente ocuparia sua extensa caminhada do trabalho até a casa.

Seus olhos estavam fixados na folha de papel quando os três homens, dando-se conta de sua aproximação, voltaram-se para ele. José temia que seu coração, batendo forte como batia, acabasse sendo ouvido por algum dos clientes.

A primeira xícara foi depositada em frente ao jornalista com uma leveza de movimento que surpreendeu o próprio José. Não sabia como conseguira dominar a inevitável tremedeira.

A segunda xícara pousou diante do Senhor da Boina com a suavidade de um Boeing pilotado por comandante experiente em dia de sol e sem vento.

Mudando de posição para servir a terceira xícara, José colocou-se de frente para o pestinha derrubador de refrigerante. Ao erguer a xícara, olhou deliberadamente para o menino, sorriu paternalmente e, no instante em que sobrevoava a folha de papel, simulou uma oscilação acidental, deixando cair sobre ela uma quantidade de líquido suficiente para borrar-lhe toda a área central. "Desculpe, senhor. Sinto muito. Que desastrado!" Sacou do bolso do avental um pano seco que havia preparado para a encenação, aplicando-o sobre o papel. Finalmente, suas mãos conseguiam tocá-lo.

O Amante das Palavras, que temendo ser atingido, teve o reflexo de recuar sua cadeira, tentou tranquilizá-lo. "Não esquenta, Zé! É só uma cópia. Posso fazer quantas quiser." Era tudo o que José queria ouvir. Mas o show precisava continuar.

— Vou trazer outro.

— Não precisa. O que derramou foi pouco, ainda tem mais do que eu preciso aqui na xícara.

— Obrigado, senhor. Isso nunca me aconteceu, e vai acontecer logo com um freguês tão especial. Me distraí com o menino da outra mesa...

— Se distraiu ou se inspirou? O moleque deve ser campeão em jogar bebida na mesa. Deixa a conta aqui e relaxa. Ninguém tá livre de umas derramadas de vez em quando.

Os quatro riram. José, pedindo permissão ao cliente, recolheu a folha de papel, amassou-a como se nenhuma utilidade tivesse, limpou o que faltava limpar na mesa e voltou para o quartel-general do balcão, onde arremessou a bola de papel na lixeirinha para, minutos depois, resgatá-la, dobrá-la e, disfarçadamente, guardá-la no bolso de trás de sua calça. Apesar dos muitos olhos que varriam o ambiente numa ronda de holofotes digna das penitenciárias de cinema, James Bond cumprira a parte mais difícil de sua missão.

Teve de reprimir estoicamente sua curiosidade. O movimento intenso de clientes no café e a colega que cuidava do caixa formavam um perigoso colegiado de testemunhas. Já havia driblado todos aqueles zagueiros uma vez. Tentar repetir a façanha seria o famoso drible a mais, desgraça de muitos craques do futebol. Correr o risco de ser flagrado ali, em pleno local do crime, depois de uma proeza impecável como a que realizara há pouco, seria uma falha da qual jamais se perdoaria.

O dia foi longo e cansativo: oito horas de expediente físico que duraram quarenta e oito horas na percepção inflacionada pela ansiedade. José decidiu que só leria o conto obtido a tão duras penas depois que chegasse em casa. Nada de parar pelo caminho, nada de cair em tentação. Sabia que ainda teria o trabalho árduo de restaurar as palavras embodegadas pelo antes providencial e agora incômodo borrão de café e queria executar sua tarefa com a reverência que a ocasião exigia.

ONZE

"De onde esse fela da puta tirou os personagens que eu juntei na minha cabeça? Duvido que ele saiba o que é uma tarde no Circo Azteca. Ou que já tenha prendido a respiração vendo o Pena Vermelha arremessar suas facas.

Eu é que vivi, eu é que pensei, enxerguei com meus olhos, ouvi com meus ouvidos, conversei com painho, comentei com os amigos. Só faltava organizar, dar sentido, escrever bonito. Mais um tempo e eu paria uma história parecida.

Trama do capeta. Vai ver que ele lê pensamento. Ficava ali de bobeira, fingindo tomar café, me tratando bem, papeando com os amigos, coisa e tal, e no fundo tava só lendo a tralha toda que eu tinha na caixola. Sou livro não, desgramado! Vai catar ideia na cabeça de outro.

Coincidência? Pode ser não. Por tanta admiração por aquele sujeito, logo ele, no meio de tanta gente que tinha pra eu admirar? Por que ele foi ser amigo do escritor que parece meu sonho transformado em gente? Por que ele tá indo na direção de ser escritor que nem o outro, cuspindo ideia pra todo lado? E por que ele foi mostrar a porra do conto bem ali na minha frente? Só pra me atazanar o juízo? Não, claro que não. Tem coisa aí. É sinal do destino. Dá arrepio só de pensar."

O turbilhão de pensamentos de José aconteceu pouco antes da meia-noite.

Durou uma hora o processo de recuperação do texto. Palavra por palavra, tudo foi reescrito à mão, lido e relido algumas vezes por seus olhos embevecidos. Conteve suas lucubrações até o momento em que conseguiu decifrar o verbete "metáfora" no dicionário, palavrinha complicada de entender, que ele pescou e anotou no café durante o papo analítico dos ilustrados clientes.

Dormiu pessimamente. Uma sucessão de breves e inquietos cochilos entremeados por vigílias regadas a pensamentos angustiados, intrigados.

Levantou-se às cinco e meia, bem mais cedo do que de costume, empunhando sua faca.

O Amante das Palavras o esperava em forma de árvore. Ferido três vezes por arremessos especialmente violentos, foi deixando em José um gosto acre de remorso. Em meio aos contraditórios sentimentos que se debatiam em sua alma, brotava o entendimento de que as ideias são ingratas e volúveis, sempre à disposição do primeiro que conseguir enxergá-las, colhê-las, lapidá-las e publicá-las. Depois da longa e tenebrosa noite, finalmente raciocínios mais claros começavam a amanhecer.

O conto tratava de um artista de circo, admiradíssimo pelo arriscado número de arremesso de facas que executava com extrema precisão dia após dia, havia vários anos. Sua parceira, a quem dedicava escancarada paixão, era amante do dono do circo e, graças a esse detalhe alavancador de status, o atirador de facas gozava de privilegiada posição no ranking das atrações, com direito a superlativas introduções do mestre de cerimônias, prefixo musical exclusivo e salário diferenciado. Uma situação incômoda, salpicada de Fausto vendido ao diabo, mas com uma ideia-chave que a tornava especial. Movido por encegueirantes ciúmes, o personagem do conto na verdade tentava a todo custo atingir literalmente o coração de sua amada, no que reiterada e infalivelmente fracassava. Seus arremessos eram, por isso, dotados de uma velocidade e um frio descaso com a integridade física da colega que levavam o público ao delírio. Todos aclamavam a incrível perícia e autoconfiança do artista, sem desconfiar de que estavam aplaudindo uma interminável sucessão de erros. O atirador de facas era um Guilherme Tell às avessas, seu sucesso consistia em fracassar consistentemente.

As reflexões matinais de José sob os efeitos do conto giravam em torno de Pena Vermelha, da possibilidade de ser ele também um assassino frustrado, um herói acidental incapaz de atingir seu alvo. Não, nada disso. Era inaceitável ter passado tantos anos sob a inspiração de um ídolo perdedor. O conto era invenção daquele publicitário doido, mais preocupado com suas metáforas e citações literárias do que em construir uma história verossímil. "Vai ver que ele nunca passou nem perto de um circo", resmungou baixinho. Se tivesse assistido a um único espetáculo do Azteca, veria que

Pena Vermelha se garantia, se concentrava, sabia o que estava fazendo, e cravava suas facas onde queria que elas fossem cravadas.

Nos dias seguintes, dedicou-se a pesquisar na livraria sobre as citações do personagem de Goethe e do lendário herói suíço feitas no conto. José nunca ouvira falar nem de Fausto nem de Guilherme Tell, e ficou muito impressionado com os resumos que leu sobre essas duas personalidades tão distantes que, graças ao Amante das Palavras, teve a chance de conhecer.

Cinco dias depois, estava convencido de que a ideia do conto era poderosa, tanto que não dava trégua a seus pensamentos, e se confortava com a descoberta de que ideias não deviam ser confundidas com temas.

Era curioso — e muito — que um publicitário bem-nascido, bem formado, bem-apessoado e bem alimentado se fixasse num número circense que significava tanto para um sujeito humilde como o pobre Zeca. Assim como era curioso que dois outros personagens de origens tão diversas — o Fausto da literatura e o Tell, mais folclórico do que histórico — tivessem se agregado ao picadeiro no conto que parecia ter fixado residência em seus labirintos cerebrais. Curiosidade apenas. Marcante coincidência, no máximo. Decididamente, não era no atirador de facas que estava a ideia; era no que a cabeça conseguia extrair de um cara que se exibe em público tangenciando o corpo de uma mulher com lâminas de grande poder penetrante e cortante.

A diferença entre situação e ideia se fez mais nítida quando José considerou as inúmeras versões de amores impossíveis, triângulos amorosos e disputas de poder que se multiplicam pelas mais variadas formas de manifestação artística.

Nem precisava se afastar do universo circense. Quantas visões criativas já foram desenvolvidas sobre trapezistas, equilibristas, comedores de fogo, mágicos, domadores de feras e outros astros? Quem poderia se julgar com direitos especiais sobre qualquer desses especialistas em deixar plateias boquiabertas? Os atiradores de facas não tinham por que ser exceção nessa lista de experts. Na opinião de José, sem dúvida, deveriam encabeçar a lista. Não fosse pelas óbvias dificuldades de seu ofício, ao menos pela posição ímpar de não se exporem ao risco, como os que voam nos trapézios, caminham nas alturas sobre arames ou desafiam a ferocidade dos leões, mas transferirem toda possibilidade de dano físico à frágil figura que com eles contracena.

Atirar facas tem algo de primitivo como jogar pedras, algo mais falível que o saque do jogador de vôlei ou o arremesso do jogador de basquete. A partir do momento em que a mão recua para tomar impulso fugindo do campo visual, toda exatidão desaparece. Move-se o braço sem o auxílio de alças de mira, alternam-se lâmina e cabo da faca num giro de roleta voadora, age o ar na rota entre mão e alvo com sua invisível força desviante. Tudo se torna impreciso e particularmente insano quando no campo de pouso do metal perfurante estende-se uma bela mulher. Errar ali pode valer uma vida, deixando-nos na iminência de presenciar um sacrifício ritual fora de época, colocando-nos no domínio do quase, em que heroísmo e erotismo florescem com seus arrepios e suores.

O conto do Amante das Palavras levou José a refletir e compreender melhor o fascínio que desde criança o dominava, e o motivou a buscar enfoque diferente sobre o mesmo tema. Prometeu a si mesmo que escreveria outro conto, em que o atirador seria herói, não um tolo submetido ao poder do dono do circo, a uma paixão não correspondida e a um destino de equívocos. Resgataria com seu conto a imagem do insuperável Pena Vermelha, a quem tantas alegrias devia.

Começou a avaliar possibilidades criativas.

O que poderia acontecer de diferente naquela performance tão perfeitamente executada? Em tese, alguma imperfeição que livrasse os heróis da necessidade de serem perfeitos.

Uma faca ricochetear na madeira e voltar no atirador? Na plateia, talvez? Todas as facas baterem de lado e nenhuma cravar na madeira? Um monte de facas derrotadas aos pés da mocinha. Imagem interessante essa.

O medo de todos os medos se consumar, e a mocinha morrer? Não, isso é o que todos pensavam e, por isso, temiam. Muito banal. A não ser que ela morresse de um ataque cardíaco, por exemplo.

Adilson Xavier

Surpreendente seria se as facas a atingissem, mas, por alguma razão, nunca fincassem a lâmina em seu corpo. Músculos tensos, rígidos como ossos. Mas facas, dependendo do tamanho, também penetram em ossos. José viu isso acontecer num açougue de sua infância, e guardava nos ouvidos o impressionante creck gemido pelas costelas bovinas ao serem golpeadas pelo açougueiro. Bem, a mulher do conto podia ter ossos e músculos rígidos como pedra; afinal de contas, era tudo ficção. Bobagem. Se fosse assim, não tinha a menor graça.

E se invertesse a situação? Fazer a menina lançar facas sobre o atirador?

Pena Vermelha como vítima, seria outro jeito de herói... Estranho. Mas não era de se jogar fora.

Êpa! Jogar fora... Quem sabe?

Embrenhou-se em pesquisas na livraria, lançou mão dos computadores disponibilizados ao público para buscar na internet, sua recém-conquistada cúmplice cultural, tudo o que já havia sido feito sobre o tema que elegeu para sua obra. Surpreendeu-se ao descobrir um quadro do pintor francês Henri Matisse cujo título era exatamente *O Atirador de Facas*, e decidiu que seu conto, além da inovação do conteúdo, também precisava escapar da obviedade do título.

Algumas semanas depois do surto de euforia criativa, Zeca teve uma recaída mística.

Seria aquele conto, não sobre o atirador de facas de um circo qualquer, mas sobre ele próprio? Seriam os desacontecimentos impulsionadores da vida do personagem uma referência a tudo que desacontecia na vida de José? Estaria ele diante de um sinal de que nada em sua vida, inclusive o conto que ele se propunha a escrever, chegaria a um desfecho positivo?

Lutou contra essa hipótese, esperneou para não assumir o rótulo do predestinado à derrota. Estava determinado a ser e não aceitaria assim tão fácil a maldição do eterno desacontecer.

DOZE

*"Só um sentido de invenção e uma necessidade
intensa de criar levam o homem a revoltar-se,
a descobrir e a descobrir-se com lucidez."*

PABLO PICASSO

Um dia da caça, outro do caçador.

No meio das observações sobre os personagens que cruzavam seu caminho, apesar da camaleônica propensão ao mimetismo social, José não escapou de ser observado, como também não poupou seu observador de ingressar na coletânea Espínola de personagens, sob o apelido de Botocudo.

Tratava-se de um vizinho estranho que, por achálo mais estranho do que ele próprio, parecia registrar todos os seus passos. Parecia não; registrava mesmo. Cumpria seu dever de policial infiltrado na comunidade, com a missão de monitorar possíveis migrações de traficantes de drogas e criminosos em geral das vizinhas favelas do Vidigal e da Rocinha para aquele ainda intocado reduto de tranquilidade.

Tudo começou no dia em que Zeca subiu o morro todo serelepe com seus óculos escuros de grife, evidentemente incompatíveis com sua situação financeira. Despertado por aquele indício de ilicitude, o sargento Alcindo Leitão, que se fazia passar por mestre de obras, ficou na cola do "indivíduo suspeito", que parecia planejar algo no silêncio de seu "esconderijo", e cuja periculosidade revelava-se no grande domínio das armas brancas que ele atirava frequentemente contra árvores indefesas.

Alcindo fazia questão de vigiá-lo ostensivamente, no melhor estilo morador desconfiado. Considerava ser essa a melhor forma de prevenir mal maior, desestimular a provável ação ilegal vindoura, qualquer que fosse ela, e enxotar o delinquente potencial para bem longe daquela área. Seus olhos eram bocas que repetiam a mesma intimidadora advertência: "Vê lá o que você vai aprontar, rapaz. Estou de olho em você!" No fundo, vislumbrava em José a possibilidade de fazer belos relatórios para seus superiores, posar de corajoso e se sentir cumpridor de suas obrigações, sem correr maiores riscos. Policial com muitos anos de experiência, não via qualquer possibilidade real de perigo naquela figurinha insignificante.

E havia a Bond Girl. Vida dura a do nosso herói.

Depois de se ter descoberto alvo das observações de José, a Siliconada da Academia passou a prestar mais atenção no até então invisível garçom do café. Sem o recurso dos óculos escuros, que tão bem ocultavam o movimento de seus olhos nas ações de rua, a espionagem de Zero Zero Sete ficava exposta demais.

A cliente, interpretando a insistência dos olhares como inconveniência de fundo presumidamente libidinoso, queixou-se ao gerente.

José teve a perturbadora sensação do déjà vu quando notou os olhares dela e do gerente apontarem em sua direção enquanto conversavam, num alinhamento e numa sincronia quase coreográficos. Aqueles olhares tinham em sua fórmula os mesmos ingredientes identificados nos olhares que o fulminaram em seu primeiro réveillon carioca.

Sorte sua que o patrão de agora tinha o espírito mais lapidado e a sensibilidade para os dramas alheios mais aguçada que o patrão de outrora. Preocupou-se em ganhar tempo e buscar alternativas para seu dedicado funcionário.

Não enxergando a cilada em que estava caindo, José continuou a olhar com a habitual assiduidade para a cliente, e ela continuou a contraolhá-lo. Escapava ao ingênuo garçom o entendimento de que a situação se invertera.

Duas novas conversas com o gerente pareceram tornar o clima insustentável, até que uma diferente conversa com outro cliente, que não tinha nada a ver com aquele imbróglio, lançou uma nova perspectiva sobre o tema. Na conversa do gerente com o Amante das Palavras, também não faltaram os olhares oblíquos em busca de José. Só que, dessa vez, as íris que o observavam não pareciam disparar raios flamejantes nem farpas reprovadoras.

Passaram-se dois dias até que o gerente, buscando poupar seu garçom de constrangimentos, apresentou-lhe a versão de que os donos da livraria teriam chegado à conclusão de que, por uma questão de marketing não esclarecida nem tentada esclarecer, apenas mulheres deveriam trabalhar no atendimento do café, o que impossibilitava o, àquela altura, empalidecido rapaz de continuar em seu posto, apesar de ser unânime na casa o reconhecimento à sua competência, dedicação, talento etc. Impossível não perceber o quão sofrida era para aquele homem a tarefa de demitir o indefeso quase ex-funcionário. Enquanto ele seguia em seu prolixo arrazoado, José recapitulava as recentes conversas de seu chefe com os dois clientes durante as quais olhares significativos haviam sido lançados em sua direção, e conectava aquelas causas com a atual consequência. Já não ouvia o que o patrão lhe dizia, captando apenas uma ininteligível massa de sílabas fora de rotação. Em sua cabeça, formatava-se a conclusão de que estava sendo vítima da Siliconada e do Amante das Palavras; ela, por causa de seus mal interpretados olhares; ele, por causa do café derramado no precioso papel em que estava o tal conto. Só retomou contato com seu algoz quando identificou num final de frase três palavras mágicas: um, novo, emprego.

Franziu o cenho para focar a atenção no que o homem estava lhe dizendo e imediatamente descobriu que havia cometido uma grave injustiça. A interpretação sobre o papel da Siliconada no episódio, apesar de não comprovada, continuava de pé. Mas a atuação do Amante das Palavras era totalmente oposta àquela que ele se precipitara em deduzir. Daquele cliente, com quem tinha mais em comum do que qualquer pessoa pudesse desconfiar, vinha nada mais nada menos que a possibilidade de um novo emprego. Como garçom e copeiro. Na agência de propaganda em que o próprio cliente trabalhava.

Entre a demissão e a expectativa de promoção, não se passaram mais do que meia dúzia de frases.

Os olhos não mentem. Aquele bálsamo, que Zeca por um instante temeu ter equivocadamente identificado no olhar do Amante das Palavras, provou-se verdadeiro. Pelas tortuosas linhas de cafés servidos e derramados, atiradores de facas, contos e agora emprego, costuravam-se os caminhos de duas pessoas tão distintas quanto água e vinho.

Curioso com o sincronismo entre a porta que se abria do lado de lá e a que se fechava do lado de cá, José foi informado de que o atual garçom da agência de propaganda, também nordestino, estava voltando para sua terra, onde se dedicaria ao comércio em sociedade com familiares. Melhor assim. Ninguém estava sofrendo para que ele pudesse sorrir. O que precisava ser feito no momento era apenas uma entrevista, procedimento padrão, com o setor de recursos humanos, dublê de departamento pessoal da nova empresa empregadora. Coisa chique, pensou. Nunca havia sido entrevistado por setores, departamentos ou coisa do gênero.

Levou um bom tempo degustando o nome da agência, uma multinacional com denominação quase tão impactante, nobre e sofisticada como James Bond. Sempre os nomes.

Apresentou-se no horário marcado para a entrevista, respondeu ao que lhe foi perguntado com a maior naturalidade possível, suou abundantemente quando soube que havia outros dois candidatos à vaga e, depois de uma semana de martírio, foi finalmente autorizado a respirar. Estava contratado para trabalhar num lugar em que a atividade principal era tudo o que ele queria: gerar ideias.

Na ficha preenchida pela gerente de recursos humanos, além dos dados objetivos de praxe, duas observações sobressaíam: 1) Tipo físico, postura e aparência compatíveis com a percepção de higiene exigida pela função, e com as necessárias neutralidade e discrição desejáveis em funcionário que deverá circular por todas as dependências da empresa, inclusive durante as reuniões de altos executivos, clientes e fornecedores. 2) O movimento constante, quase involuntário, de seus dedos tamborilando sobre a mesa revela a combinação de ansiedade com excitação normalmente indicadora das personalidades criativas.

Precisava comemorar. Aboletou-se num dos bares mais tradicionais do Leblon e esticou três chopes por mais de três horas. Foi delicioso ser servido como seus antigos clientes. Foi maravilhoso captar o que as mesas vizinhas conversavam e participar daquele mundo que não lhe pertencia. Degustou momentos de rei entre frases interessantes e demorados goles de cevada e lúpulo.

— Garçom! Mais uma rodada, por favor.

A conversa na mesa cinco estava animada. Dois homens e uma mulher falavam de tudo um pouco, davam boas risadas e contagiavam o ambiente. Suas idades giravam em torno dos quarenta. Era um reencontro de ex-colegas de trabalho com muita história para compartilhar.

Duas horas e muitos copos depois de se terem acomodado no bar, Zeca já se sentia íntimo do grupo. Ouviu recordações dos bons tempos, narrativas de quem pegou quem na empresa, apelidos e manias dos chefes e colegas, lembranças das festas de final de ano, descrição de sucessos e fracassos pessoais, análises da situação econômica do país, e agora acompanhava atentamente o desvio da conversa para o terreno histórico-político.

— O que falta no Brasil é sangue.

— Quer mais violência, Antunes?

— Sangue de crime é uma coisa, sangue que escreve a história é outra.

— Sem essa. É tudo selvageria.

— Olha só pros Estados Unidos. Conquistaram a independência na porrada, tiveram uma guerra civil que foi uma carnificina... As coisas conquistadas com dor têm mais valor.

— Lá vem você querendo encher a bola dos gringos. Só porque morou lá um tempo, acha que americano é o máximo.

— Não é isso não. O que eu tô dizendo é que o problema do Brasil é sempre ter recebido tudo de mão beijada. Quer coisa mais ridícula do que o próprio dominador gritar "independência ou morte"? Brasileiro nunca precisou lutar por coisa nenhuma. Não rolou sangue nem na independência, nem na proclamação da República, nem na queda do regime militar. Somos um país de bundões.

— Pacíficos.

— Ó só, Bia, eu também não curto o desbunde colonizado do Antunes, mas só pra botar mais lenha na fogueira: lá nos Estados Unidos, bobeou, eles matam o presidente. Dançou o Lincoln, dançou o Kennedy, dançou o senador irmão do Kennedy só porque era candidato forte à presidência, e por pouco o Reagan não dançava também. Aqui, o único presidente que empacotou com um tiro foi um suicida. A gente nunca nem tentou matar um único presidentezinho que seja.

— E o que não falta é motivo.

Todos riram. José riu junto.

— E o mais grave é que o Getúlio é idolatrado até hoje. Um cara que foi ditador, depois foi eleito pra deixar bem claro que a gente gosta de ser dominado, depois se matou porque estava envolvido num monte de baixaria, e virou herói.

Getúlio Vargas. Padrinho Juvenal falava dele com especial admiração. Mais do que admiração, era adoração mesmo.

Por um instante, José voltou ao boteco de sua infância e se sentiu rodeado pelos velhos frequentadores habituais.

— Peraí. Ele fez um monte de coisas pelos trabalhadores.

— Tá certo, deu um gás na legislação trabalhista. Mas, se o Collor levasse um tiro no peito, virava herói também.

— Bom, os presidentes assassinados nos Estados Unidos acabaram virando heróis. Será que eles morrem porque são heróis, ou viram heróis porque foram mortos?

— Eu acho que tem uma regra mundial tipo assim: presidente que o povo gosta, ou se estraga virando ditador demagogo, ou tem que morrer pra virar herói. Fora isso, é sempre ladeira abaixo.

— E os que o povo não gosta?

— Ah, esses são os mais difíceis de morrer. Vaso ruim não quebra.

— Como nunca vi um presidente que me agradasse, pra mim, presidente bom é presidente morto.

— Não é só presidente, não. Pode estender essa regra pra cambada toda dos políticos.

— Apoiado! A morte é a consagração de todo político.

— Viva a morte!

Brindaram debochadamente. Bia, a única mulher no grupo, desde o início mais preocupada em rejeitar ideias violentas, chamou a atenção para um tema derivado:

— Brinca assim não, gente! O problema mais grave do Brasil é a desvalorização da vida. Em que outro lugar do mundo se encontra tanto assassino impune? O máximo que um bandido declarado pega são trinta anos de cadeia, e olhe lá. Se for preso e chegar a ser condenado, o que já é uma raridade, sempre arranja uma liberdade condicional, algum benefício por bom comportamento, alguma brecha pra abrandar a punição. É uma vergonha.

— E a culpa é de quem? — retrucou o mais sacana dos companheiros. — Dos políticos. É por isso que eles têm que morrer.

— Tá bom, Túlio, a piada é boa. Mas o assunto é sério. Seria muito melhor que gente esclarecida como nós, em vez de brincar com a verdade, saísse por aí gritando "Viva a Vida!", e exigindo que o Legislativo mudasse as leis, o Judiciário funcionasse e o Executivo se tocasse de que estamos vivendo na barbárie.

— Socorro, agora virou comício! Traz a saideira aí, amigão, antes que comece a passeata!

O condicionamento de José como garçom fez com que ele tivesse o reflexo de servir o trio. Conteve-se a tempo sem que ninguém percebesse.

— Seriedade não combina com mesa de bar, especialmente quando as ideias estão encharcadas de álcool.

— Por falar em seriedade, o que é que tá rolando entre o Josimar e a Malu?

— Boa virada de jogo! Senhoras e senhores, interrompemos nossa profunda divagação sociopolítica para retomar assuntos sexuais da mais alta relevância...

Após mais alguns minutos enveredando por intimidades alheias, os três ocupantes da mesa vizinha pediram a conta, pagaram e, percebendo o quanto Zeca acompanhava sua conversa, se despediram dele, como que reconhecendo sua condição de membro extraordinário do grupo. Não imaginavam o bem que lhe faziam com aquela espontânea manifestação de cumplicidade. Mais uma vitória a celebrar. Os olhos brilhantes de José acompanharam seus recém-conquistados "amigos", que saíram gargalhando pela rua, até perdê-los de vista duas esquinas depois.

De volta à casa, ainda com um sorriso nos lábios e várias interrogações na testa, fez as costumeiras anotações em seu caderno de ideias. Na televisão, ligada apenas para lhe fazer companhia, um filme de ação, como tantos outros, mostrava as aventuras de um agente secreto encarregado de proteger o presidente dos Estados Unidos contra um perigoso terrorista que planejava matá-lo.

Rio de Janeiro, doze de abril de dois mil e quatro.

Painho,

Tô de emprego novo. Multinacional de gringo americano.

Me fizeram uma proposta, que nem jogador de futebol quando muda de time. Sabe lá o que é isso?

Foi um cliente que resolveu me ajudar sem mais nem menos. Sujeito inteligente, desatolado, que escreve de tudo, até conto que fala de circo. Ele inventa essas propagandas que a gente vê na televisão, escuta no rádio e esbarra por aí. Tem umas que sai em jornal, revista, cartaz desses que bota na rua, muita coisa mesmo. O cara é criativo que só, e gente boa de montão. Me colocou nessa bocada quando meu antigo patrão — que também é bacana e educado, disso me esqueço não — jogou um bolodório pra cima de mim sobre uma tal de estratégia que, noves fora, me fazia perder o emprego.

Perdi um bom, ganhei outro melhor. Saí de um lugar que vende ideia pronta escrita em livro pra uma firma parruda que é onde

Adilson Xavier

se tira ideia do nada pra vender coisa. Tô
bem ali do lado do pessoal que inventa ideia
todo dia, meu véio. Seu filhote cafuringa é
dissipado, mas tem estrela. Na hora que a
situação aperta, sempre aparece um anjo
pra organizar a encrenca.

Dessa vez, engrena. Quem sabe se não é
agora que vai pintar uma ideia daquelas que
tu falava, que muda a vida da gente?

Bom, primeiro tenho que entender melhor
o lugar que eu trabalho. Êta história
complicada! Chama agência. Quer dizer,
agência é o nome do negócio, como boteco,
restaurante, sapataria, entendeu? É assim
que eles falam na intimidade: agência. Mas
agência, cê sabe, pode ser de banco, de
viagem, de correio... Aí eles chamam, por
extenso, de agência de propaganda. Senão
mistura tudo que é agência e ninguém sabe
mais do que tá falando. Mas já ouvi dizer
que eles também fazem outras coisas que
não são só propaganda. Tem um tal de
merchandaizim e outros nomes estranhos
que agora não carece lembrar.

Tô pra ver nome complicado como tem
nessa agência. Parece até que eles fazem por
gosto, pra confundir as pessoas. Soa bonito,

139   E. O ATIRADOR DE IDEIAS

importante, mas é uma embolada de letra que chega a doer a língua. A minha já tá troncha.

Eles dizem que de vez em quando aparece gringo por lá. São os donos, dos Estados Unidos, os que mandam de verdade, só que ainda não vi nenhum. E por causa dessas visitas importantes, a gente tem aula de inglês de graça. Não é gozado? Trabalho e estudo no mesmo lugar. Se alguém me perguntar se eu "do you speak English", já posso responder que "yes, I do". Pelo menos, isso. Depois, a conversa acaba por falta de palavra.

A minha parte que eu tenho que fazer no serviço, eu sei. Sirvo café, chá, biscoito, lanchinho e cuido da copa, uma copa inteirinha com tudo o que tem lá dentro pra eu tomar conta. Faço compra da comida, da bebida, tudo. Enquanto isso, fico de olho em como é que eles criam, junto com coisa que aprendi por esse mundo de Deus, e tento escrever alguma coisa que preste.

Aquela teoria que tu falava, do imprevisível que ajuda o impossível a se tornar possível, não me sai da cabeça. Nunca imaginei que existia um emprego desse, muito menos que eu teria a chance de trabalhar nele. De repente, ói eu lá dentro do imprevisível.

Tô melhorando devagarinho, comendo pela beirada, cada vez mais perto de achar o que me trouxe até aqui.

Vou provar pra todo mundo que meu pai Agenor tava certo. Espínola não é nome pra ficar de mangação, não. A coisa é séria, internacional até, de muito chiquê.

Um beijo muito agradecido por tudo que lhe devo.

Seu filho,

José

TREZE

*"Se sabemos exatamente o que vamos fazer,
para que fazê-lo?"*

PABLO PICASSO

O entusiasmo de Zeca com o novo trabalho facilitou a superação de barreiras culturais e receios que, em outras circunstâncias, talvez fossem intransponíveis. Outro importante acelerador de aclimatação eram os bolsões de descontração e bom humor, especialmente no departamento de criação, que se opunham à tensão dominante no ambiente. Sempre que os criativos se dirigiam a ele em clima de brincadeira, reavivava-se a gostosa sensação experimentada durante os chopes que coroaram o anúncio de sua contratação naquela luminosa noite no Leblon. Sentia-se incluído e importante. Isso era tudo o que precisava para se sentir alguém.

Dentre os cento e poucos funcionários da agência, foi fácil encontrar alguns excelentes personagens para ampliar o elenco arregimentado nos tempos da livraria.

José, zeloso por seu patrimônio, fez questão de nutrir a antiga galeria de personagens com diligentes observações e incansáveis devaneios. Não precisou abrir mão de nenhum dos antigos companheiros, já que a localização de sua residência permitia que continuasse a vê-los ao menos nos fins de semana. As caminhadas dominicais pela orla, por exemplo, tornaram-se quase tão obrigatórias quanto os cultos religiosos para os devotos mais fervorosos. De vez em quando, dava-se ao luxo de sentar no café da livraria e pedir um expresso, com o objetivo triplo de acalentar a lembrança que tinha dos frequentadores, rever os antigos colegas de trabalho e, principalmente, sentir-se na posição de servido, não mais de servidor, que, até então, era o único rótulo que lhe cabia.

A primeira campanha que conseguiu acompanhar na agência deixou muitos ensinamentos. Mesmo ao longe e com as limitações de acesso impostas por sua humilde função, José viu o suficiente para se impressionar com a quantidade de pessoas e o enorme esforço empreendido naquele projeto. Cuidavam do lançamento de um refrigerante. Para José, como leigo e consumidor, algo absolutamente simples. Para a equipe envolvida, um turbilhão de pesquisas, análises antropológicas e filosofadas quase esotéricas, que mais pareciam tratar do futuro do planeta do que de uma bebida gasosa e açucarada.

Serviu cafés durante as mais diversas reuniões, desde as financeiras, afogadas em números, até as estratégicas, afogadas em pesquisas. Como gostava de reuniões aquela raça!

Testemunhou rostos se desfigurando de exaustão, olhos faiscando durante bate-bocas conceituais, xingamentos diversos, e ideias, revoadas de ideias em Post-its que pousavam precariamente pelas paredes ou navegavam em folhas maiores sobre as pantanosas mesas. Era um ambiente de dor, de vez em quando temperado por piadas, bobagens e boas risadas. Os participantes no geral pareciam gostar do sofrimento. Um bando de masoquistas profissionais impelidos pelo tesão do desafio ou, nos casos menos inspiradores, pela angústia de cumprir metas.

José sonhava estar entre os estrategistas e criativos. Não só porque viviam de criar, mas porque tinham com quem compartilhar. A criação, por mais que lhe soasse como atividade solitária, parecia menos assustadora quando cercada por trocas de impressões, checkpoints e microavaliações entre correalizadores e cojulgadores capacitados.

Outro sonho de José versava sobre a capacidade de entendimento daquelas pessoas. Sempre que irrompia nas reuniões com sua bandeja abastecida de cafés e biscoitos, tentava entender a que ponto eles haviam chegado, mas parecia impossível tirar qualquer conclusão daquele emaranhado de papéis, palavras, desenhos e rabiscos. Uma ou outra coisa podia lhe causar impacto diferenciado. Mas como conectar pensamentos aparentemente tão díspares? Só eles sabiam. Tinham a senha, se entendiam, como membros de uma seita secreta, cheia de códigos que davam sentido ao caos.

Enquanto não era admitido na seita, captava expressões largadas ao vento que, se não servissem para fins mais nobres, pelo menos serviriam para exercitar o inglês básico que ele aprendia nas aulas patrocinadas pela agência. Uma dessas expressões rapidamente se destacou sobre as outras: "Call to action."

Primeiramente, ela unia duas palavras fáceis num conjunto de tradução bem simples. "Chamada para ação" era o que ele se autoaplicava diariamente, algo prático e direto, que o fazia mover-se na direção preestabelecida. Vamos lá! Faz aquilo! Deixa de moleza! Presta atenção! Eram estímulos rotineiros que não raro aconteciam diante do espelho em seus treinamentos desparaibizantes, como se ali estivesse outra pessoa.

Não obstante sua aparente unanimidade, o call to action era um estopim de controvérsias dentro da agência. Para os criativos, não era algo tão indispensável como apregoavam os executivos mais caretas. No mínimo, argumentavam alguns, não tinha a necessidade de ser obviamente imperativo como desejavam os acólitos do "Ligue já!".

O assunto era delicado e precisava ser conduzido como uma vasilha de nitroglicerina, com habilidade e muito cuidado, para que não caísse em mesas erradas.

Dentre todas as possibilidades de mesas, a mais errada era a do presidente da empresa. Homem de pouca sutileza e nenhuma sensibilidade, lidava com a agência como um capataz. Não tinha qualquer traço de criatividade, nem sequer gostava da criação, que, no seu entender, era um mal necessário, sempre complicando demais as coisas e emperrando o fluxo do faturamento. Bajuladoramente submisso a todas as normas e procedimentos emitidos pela matriz norte-americana, fizessem sentido ou não, o presidente da agência era uma figura falsa, arrogante, deplorável. Para os americanos, cordeiro; para os funcionários, hiena (lobo seria óbvio demais).

Seu porte físico, alto, elegante, vistoso, revelador de descendência nórdica, e seu timbre de voz, sob medida para um grande orador, que não era o caso, contrastavam com a extrema pobreza de seu conteúdo. Vestia-se impecavelmente, como se dia após dia saísse de casa para ir a um casamento. Cultivava todos os hábitos que pudessem denotar poder econômico, desde o carro anunciador de riqueza, até a frequência assídua aos restaurantes mais caros da cidade, cercado de convivas influentes a quem brindava com vinhos especialíssimos. Gabava-se de colecionar obras de arte, não pelo que tinham de artístico, mas pelo que custavam no mercado. Como não sabia fazer o que seus subordinados faziam, nem sequer tinha noção das dificuldades que enfrentavam, agarrava-se a umas três "verdades" primárias de fácil defesa, transformando-as em mantra profissional. Uma delas era o "call to action". Ninguém mais aguentava vê-lo apregoando que a parte mais importante de qualquer peça de comunicação era o comando final, que toda mensagem tem de ser dirigida ao mais imbecil dos seus destinatários, porque o que este entende os demais integrantes do público certamente entenderão, blá-blá-blá.

A ladainha era a mesma, independentemente do produto que estivesse em discussão, e evoluía num crescendo de obviedades que desintegravam qualquer vestígio de criatividade. Por isso, a fera devia ser mantida em sua jaula, de onde despachava, se distraía com seus e-mails e decorava os números da agência, totalmente alheia ao que se passava no front. Seu foco absoluto se concentrava nas periódicas apresentações que era obrigado a fazer ao que todos os funcionários definiam como o mais trabalhoso cliente da agência: a própria agência. Reportar-se e explicar-se era tudo que o presidente precisava fazer direito, para se manter em alta com seu chefe na América Latina que, por sua vez, replicava o mesmo comportamento com seu chefe mundial, que seguia igual padrão frente ao CEO da holding, que também devia prestar contas a alguém no Olimpo inatingível das megaestruturas.

De uma coisa, reconheça-se, aquele sombrio executivo jamais poderia ser acusado: não estimular a espontânea solução de conflitos entre seus subordinados. Pouco importava que esse resultado positivo fosse planejado, desejado ou mesmo percebido por seu oblíquo causador. Ele era o exemplo vivo de que os defeitos e as incompetências, quando perenes e convictos, podem converter-se em virtudes.

Para um funcionário de escalão inferior como José, a verdadeira imagem do presidente, ornamentada pela pompa do cargo, demorou mais um pouco a se revelar. Mas, depois de alguns meses colhendo peças de um quebra-cabeça auditivo, em que o chefão falava de trufas que valiam um mês de seu salário, e outras excentricidades que valiam mais do que poderia ganhar em toda a vida, e somando a isso fragmentos de frases, olhares de desprezo e resmungos conspiratórios pelos corredores, a figura real do patrão finalmente emergiu. Presidente era uma palavra maldita que, pelo visto, não funcionava em lugar algum.

Em todos os setores da agência, havia um pouco de gente relax que só queria fazer sua parte e ser feliz, gente ambiciosa que só pensava em escalar o organograma e enriquecer, gente vaidosa que só pensava em se autopromover, gente competente e confiante, e gente dissimulada em quem não se podia confiar. Uma fauna interessante, em que raramente alguém se enquadrava em apenas uma das definições (havia espaço para composições e dosagens das mais variadas), e todos tentavam se mostrar como chocantemente ousados ou especialmente antenados.

Pouco a pouco, José elegeu seus personagens preferidos, a quem atendia com maior deferência.

Depois do Amante das Palavras, que era absolutamente hors-concours, vinham as Borboletas da Mídia, duas meninas — uma da mídia, outra do atendimento, que José preferiu unir num único departamento e sob o mesmo título — tatuadas com diferentes lepidópteros que exibiam respectivamente na nuca e na região lombar, estas como que recém-decoladas de áreas inexpugnáveis de uma tentadora anatomia. As duas Borboletas, juntamente com um louco do planejamento, e três piadistas compulsivos da criação, formavam o time vip do café. Tinham o hábito de se dirigir a José com expressões de espontânea intimidade, como "meu amor", "meu anjo", "meu tesão", que, tomadas fora de contexto, poderiam levar a interpretações desastrosas e a escândalos que abalariam os alicerces da mamãe gringa, em que o fantasma do assédio sexual espreitava a cada esquina.

A atmosfera licenciosa de algumas conversas, de início, preocupou o recatado calouro. Palavrões se mesclavam a análises técnicas e discursos humanitários, com a naturalidade de ereções fortuitas num campo de nudismo. Nada parecia chocar ninguém, o que era particularmente chocante para José quando as tais expressões de intimidade que lhe eram dirigidas partiam da ala masculina. Todos, de alguma forma, debochavam da homossexualidade ao mesmo tempo em que conviviam com alguns gays e lésbicas pra lá de assumidos. Para um cabra-macho nordestino não chegado a conversas boiolísticas, era um jeito de ser meio assustador, porém altamente educativo, corretor de arraigadas rejeições.

Passado o primeiro impacto, veio a bonança. José começou a filtrar, compreender e gostar do seu novo ambiente de trabalho. Especialmente quando partia dos lábios femininos, o inocente e brincalhão tratamento a ele dispensado provocava-lhe turbilhões hormonais. Nem nos melhores sonhos, jamais imaginara ter mulheres tão inteligentes e sensuais falando com ele de um jeito tão próximo. Seu rubor, indisfarçável como sempre, estimulou a progressão do que acabou se tornando um divertimento para as torturantes fêmeas.

Quando recebiam visitas internacionais, tudo mudava de figura. O presidente dava instruções rígidas para que fossem arrumadas as mesas, caprichados os figurinos e refreados quaisquer comportamentos incompatíveis com as tradições anglo-saxônicas e as regras moralistas norte-americanas. Nada de chocante deveria acontecer naqueles dias, dizia o executivo-chefe. Mal sabia ele que, para a equipe da agência, nenhum choque superava o de vê-lo reduzido a um constrangedor protagonista de salamaleques, estampando no rosto seu mais artificial sorriso de apresentador de programas de auditório.

O contato com os gringos, ao contrário do que acontecia com a maioria da equipe, elevava a autoestima de José.

Já se deparara com alguns estrangeiros no café da livraria, mas dentro do escritório a sensação era outra. Havia o cerimonial em torno dos emissários da matriz, diante dos quais até o presidente se curvava, e abria-se a oportunidade de pôr em prática seus "good morning", "coffee", "sugar", "thanks" e "you're welcome" tão arduamente exercitados.

Muito mais importantes, porém, do que o comportamento liberal dos colegas ou a interação com seres vindos de outros países, eram a diversidade de tarefas circulantes no expediente normal da empresa e as iluminadas conversas intervalares.

Primeiro, naquele lugar lidava-se com vastíssima amplitude temática, o que bastaria para torná-lo um monumento antimonotonia.

Para somar alguns graus à temperatura habitualmente elevada, vez por outra, a execução das ideias exigia a presença de celebridades, o que fazia com que se atingissem níveis próximos da ebulição.

José ficou todo empolgado, por exemplo, ao estrear numa reunião de produção servindo café ao famoso diretor de cinema que vira sendo entrevistado na televisão em reportagem recente, e ao maestro cujo CD seria lançado na semana seguinte.

Meses depois, assistindo ao comercial fruto daquela reunião na televisão de sua casa, sentiu-se, de certa forma, coautor da obra. No mínimo, havia suprido os diretamente envolvidos com a cafeína que os manteve atentos e concentrados em suas tarefas.

Em outra ocasião, serviu café a uma dupla incumbida de criar o nome de um biscoito. Na tela do computador, com letras bem grandes, opções crocantes conviviam com alusões à saudabilidade, à praticidade e ao sabor "salgadinho como nenhum outro".

— O café chegou bem na hora, Zé.

— Tamos criando nome de biscoito e, cê sabe, biscoito vai superbem com café.

Os dois criativos adoravam brincar com o garçom sempre que ele vinha servi-los.

Adilson Xavier

— Legal esse trabalho de vocês — disse José, imediatamente associando aquele momento à conversa com seu pai sobre nomes artísticos.

— Legal pra você, que tá só de passagem. A gente fica aqui fazendo listas enormes, e o pouco que passa pelo cliente acaba derrubado porque já tem algum outro biscoito por aí registrado com o mesmo nome.

— Toma o café, que eu fiz no capricho, que café ajuda a trazer ideia.

— Valeu, Zeca.

— Aí, quer dar um chute?

— Sei fazer isso não. É muito difícil.

— Fala algum nome estranho lá da tua terra. Às vezes, uma bobagem assim acaba dando certo.

— Ô gente... — José imaginou como seria se, assim como nos produtos, cada pessoa tivesse seu nome exclusivo. Um único José, um único João, um único Antonio... nada de repetições, nem precisaria de sobrenome.

— Diz qualquer nome, Zé.

— Bom, lá na minha terra tinha um sujeito chamado Salustiano. Bem esquisito, né não? Mas, sinceramente, não acho que serve pra um biscoito.

— Realmente, biscoito Salustiano é dose.

— Ó só, mas em homenagem a você vou anotar aqui "Salut". Um filhote do Salustiano. Tá vendo? Já cresceu a lista.

— Salut também é esquisito.

— Tem tanto nome esquisito que dá certo. Vai que cola...

— Mais alguma sugestão? Aproveita, Zé, é tua chance de brilhar! — O sorriso debochado, presente desde o início da conversa, ganhou mais intensidade nessa segunda convocação.

José chegou a pensar em "Espínola".

Desistiu a tempo.

Não suportaria ver o próprio nome ser jogado às feras.

Exalou o ar que havia inspirado, com o alívio de se saber incógnito na estranheza peculiar que só a carteira de identidade denunciava.

— Lembro nenhum outro, não.

— Então tá, Zezinho. Valeu! Se vingar o Salut, tu vai ganhar o troféu cagão do ano...

SEGUNDO, de uma equipe cujo principal trabalho era rechear intervalos na mídia, nada mais lógico esperar do que uma relação prazerosa com todos os tipos de intervalo. Na verdade — filosofava o novato —, forçavam intervalos a qualquer pretexto, como mergulhadores em busca do oxigênio que lhes permite voltar revigorados às profundezas. Cheio de si por ter elaborado essa metáfora do mergulho, José pensou haver encontrado a origem da expressão "arejar as ideias". E, pela primeira vez, pensou na frase que viria a anotar no caderno de ideias e se tornaria a abertura de seu futuro conto: "Foi de tirar o fôlego."

Independentemente do assunto em pauta, os debates eram desviados com frequência do seu curso e tomados de assalto por comentários irônicos sobre o trabalho das agências concorrentes, piadas sobre os mais variados temas, cinema, moda, arte, ciência, antropologia, psicologia ou astrologia. E política, claro. A sempre ridícula, vergonhosa e, por isso mesmo, engraçada política brasileira, estrelada por astros bizarros e observada por uma imensa plateia de palhaços.

Era um período de Comissões Parlamentares de Inquérito transmitidas pela TV, transformadas em espetáculo dantesco, em que a classe política brasileira despudoradamente revelava suas podridões, e cada participante parecia deleitar-se com a oportunidade gratuita de exibição para numerosos possíveis eleitores. Cada pergunta era uma canhestra peça de autopropaganda, cada resposta idem. E as transmissões, pelo menos enquanto não caíram na rotina, conquistavam índices recordes de audiência.

Vendo aquele show repugnante, sob a influência do ambiente publicitário, José chegou à conclusão de que os políticos gostam mais de propaganda do que de governar. E se agarram a ela como se fosse a um bote, daqueles infláveis, que os mantêm à tona no mar de mentiras, corrupção e negociatas em que parecem estar mergulhados.

Mas deixemos a política de lado e voltemos aos momentos em que a diversidade temática era livremente exercitada. Por ter suas entradas em cena eventualmente coincidentes com esses bem-vindos intervalos, Zeca gozava do privilégio de ser frequentemente acolhido com euforia, às vezes até com aplausos, e de testemunhar a massa viva de possibilidades criativas que se

155   E. O ATIRADOR DE IDEIAS

formava naquilo que parecia não ser mais do que conversa jogada fora.

Os especialistas em generalidades, que se mostravam ávidos por discorrer sobre qualquer coisa, sabiam muito bem o que buscavam em suas digressões. Até seus passeios pela vizinhança, por mais gazeteiros que parecessem, revelavam atalhos, novos caminhos, às vezes mapas completos.

Dentre os muitos flagrantes de papos intervalares, um, ocorrido em reunião de criação, provocou em José o efeito de bilhete premiado.

— Já leu *A caverna*, do Saramago?

Quando essa pergunta foi formulada, o garçom chegou com sete águas e sete cafés e dois potes com biscoitos salgados e rosquinhas, como o diretor de criação havia solicitado. Estavam com ele as três duplas incumbidas de encontrar a ideia criativa central de uma marca de sabão em pó destinada à classe C que seria lançada em toda a América Latina. Sete pessoas, cinco homens e duas mulheres, de idades e experiências variadas, que jamais usariam o produto que se esforçavam para anunciar.

— Ainda não.

— O personagem central é um oleiro que luta desesperadamente contra a perda de interesse do mercado pelo produto que ele oferece. Bem parecido com o que a gente tem feito ultimamente.

— Tá falando da nossa profissão ou dessa merda de sabão em pó que a gente tem que vender?

— Das duas coisas.

— Vai se foder, Dani. Que papo mais deprê!

— É impressionante como o Saramago consegue escrever sempre com uma ideia central poderosa e simples de enunciar. Morro de inveja.

— O sacana não abandona a fórmula: ideias que se resumem em uma ou duas frases e que deixam a gente com uma curiosidade infernal pra saber o que vai rolar.

— Ele velhão, inovando; e nós, os moderninhos, nos alimentando de nós mesmos, como se não houvesse mais nada a inventar.

— *Soylent Green*, brother. Mais atual do que nunca.

— Que é isso?

— Filme cult, ô ignorante. Não é do seu tempo. Em português, recebeu o nome chinfrim de *No Mundo de 2020*. Mostra uma vida escrota em que a grande fonte de alimentação é o Soylent Green. No final, a gente descobre que a matéria-prima do Soylent Green é carne humana.

— Valeu, sabichão! O bom de trabalhar com gente mais velha é que a gente tem umas aulinhas de antiguidade de vez em quando. Só que o desgraçado faz questão de estragar o final do filme, que é pra gente nem tentar ver.

(Risos gerais)

— Por falar em filme cult, vi um filmaço anteontem nessa mostra de cinema francês que tá passando no Estação.

— Pô, Limão! Fala sério. Desde que você entrou numa de que os melhores cineastas do mundo são os alemães, sua credibilidade foi pro cacete.

— Deixa o cara, Rinaldi! De vez em quando, ele acerta. Diz aí, Limão, qual foi o filme?

— *A mulher e o atirador de facas.* O título original é *La Fille sur le Pont*, do Patrice Leconte. Filme noir, maneiríssimo.

José, que depositava a última xícara sobre a mesa de reunião, congelou.

— Esse diretor é bom. Foi ele que fez *A viúva de Saint Pierre*.

— Ele mesmo. O cara sabe escolher suas atrizes. A viúva foi a Juliete Binoche. A das facas é uma que eu não conhecia: Vanessa Paradis.

— Também, com esse nome...

— Um tesão! Cada vez que uma faca passa raspando nela, a danada geme como se estivesse trepando.

Percebendo que o garçom continuava ali só para ouvir a conversa, um dos participantes se manifestou:

— Que foi, Zé? Tá gostando do papo?

José, sorrindo amarelo, engasgou-se em sua justificativa:

— É que esse assunto do filme me interessa muito.

— Que assunto? Mulher francesa?

Todos riram, inclusive José que, quase num falsete, replicou, encabulado:

— Não. Atirador de facas.

— Que papo azedo é esse, meu irmão?

O tom intimidador da pergunta contrastava com o sorriso, deixando claro tratar-se de zoação.

— É que onde eu nasci tinha um circo...

— Ih, Zé, fala sério! Acho que tu tá ficando viado.

A risada voltou mais forte, quando o Amante das Palavras, percebendo que José teria dificuldades para se safar, resolveu intervir:

— Para de sacanear o cara, Guilherme!

— Ele sabe que eu tô brincando, né, Zeca? Aproveita e bota mais café aqui pra mim.

De saída, após renovar o café de Guilherme, José escutou o desfecho que lhe adoçou os ouvidos:

— Olha, Zé! Eu também me impressiono com essa história de atirador de facas. Vi num documentário sobre artistas de circo e nunca mais esqueci. Já escrevi até um conto sobre isso.

O sorriso de José trazia uma legenda que tanto dizia "eu sei disso" quanto "muito obrigado por tocar no assunto". Saiu daquela sala em busca de um jornal que lhe pudesse indicar os horários de exibição do tal filme francês.

CATORZE

"Toda pessoa é um artista."

JOSEPH BEUYS

Baleia adorava aplausos. Esse pensamento aflorava na cabeça de José nas ocasiões em que os profissionais da agência aclamavam sua chegada empunhando a gloriosa bandeja salvadora.

Os aplausos que ele dedicava a Baleia quando o cãozinho obedecia às suas ordens estavam conectados à memória afetiva dos momentos em que Agenor enaltecia seus feitos, não importando que se tratassem de banalidades como aprender a andar de bicicleta, ou simplesmente continuar vivo, como é tradição acontecer nas comemorações de aniversário. Ser aplaudido, qualquer que seja o motivo, é vitamina injetada na alma. E, na alma carente do Zeca, essa vitamina tinha efeitos turbinantes.

Aplauso também era o que buscava o sargento Alcindo em sua elucubrações investigatórias.

Aplauso era o que silenciosamente esperava cada um dos ex-colegas com quem José havia trabalhado. Normal. Como ocorre com qualquer pessoa em qualquer coletividade.

Mas em nenhum outro lugar o valor do aplauso era mais explícito do que em seu atual emprego. Colado em cada feito, havia um pedido implícito de reconhecimento, anexo até mesmo aos comentários e observações, não necessariamente atrelados a qualquer tarefa, havia o requerimento tácito de pelo menos um sorriso de aprovação.

Alguns aplausos na agência tornavam-se concretos. Assumiam a forma de troféus e diplomas, disputados ferrenhamente em eventos de premiação abundantes no mercado publicitário. Outros traduziam-se em elogios que, eventualmente, podiam transformar-se em promoções ou aumentos salariais, mas que cumpriam muito bem seu papel se pelo menos conspirassem para a preservação dos empregos.

Nas áreas diretamente ligadas ao negócio principal, como criação, planejamento, atendimento e mídia, os tão acalentados aplausos eram bastante comuns. Nas áreas mais ligadas à administração, tornavam-se episódios raríssimos, quase inexistentes. Era naquele pedaço mais árido da empresa que Zeca se localizava, e disputando o mesmo exíguo terreno com outros profissionais muito mais significativos do que ele, inclusive com a própria gerente de recursos humanos que o entrevistou e contratou.

O sorriso monalísico daquela mulher escondia um acervo de medos e recalques suficiente para escrever um Tratado Geral da Psicanálise. Por ela, passavam todos os contratados do escritório, boa parte com salários que ela jamais conseguiria ganhar. Acima dela, em paralelo à diretoria local, havia uma diretora regional, por sua vez subordinada à vice-presidente mundial, que também prestava contas a dois escalões superiores. Enfim, vivia sufocada sob um imenso candelabro hierárquico, do qual só era possível escapar pelo atalho de alguma percepção especial, que lhe proporcionasse a formulação de sugestões ou denúncias.

A matriz estimulava esse tipo de comportamento, incitando todos a encaminhar diretamente aos mais altos escalões tudo o que pudesse significar aumento de receita, economias substanciais ou acusações aos colegas e chefes, fossem elas de ordem ética, moral ou qualquer assunto ligado à segurança. Desde os ataques do Onze de Setembro, a mobilização permanente por segurança havia se instalado em todos os escritórios da agência pelo mundo. Qualquer suspeita de personalidade hostil ou potencialmente perigosa nos quadros da empresa devia ser comunicada imediatamente.

Em matéria de colecionar aplausos, ainda que não necessariamente produzidos por mãos entrechocantes, ninguém superava o Amante das Palavras. Seu talento lhe outorgava tamanha liderança e influência que dispensava qualquer posição hierárquica especial. Bastava-lhe o singelo título que constava na folha de pagamento: redator. Dentre os muitos que o incensavam, destacava-se o diretor de criação, teoricamente seu chefe imediato, cuja estabilidade e prestígio dependiam das ideias emanadas do brilhante subordinado.

O Amante das Palavras tinha prestígio de diretor, salário de diretor, e não precisava participar das desagradáveis reuniões de diretoria, em que desperdiçava-se tempo e fosfato em longas discussões improdutivas. Todo o seu tempo era dedicado ao que sabia e gostava de fazer, e parecia extrair tanto prazer daquilo que, em geral, extrapolava as horas do expediente, como o caçador que se embrenha pela selva, inebriado pela perseguição à presa fugidia, esquecendo-se de voltar para casa. Tal privilégio angariava-lhe uma legião de admiradores, só superada em número pela dos invejadores, que detestavam seu eterno semblante de felicidade. Alheio aos dois blocos antagônicos, José o enxergava com olhos de menino, como um ídolo acima do bem e do mal.

Um ano e meio já se passara na agência, muitas descobertas continuavam acontecendo, e a motivação de Zeca para gerar ideias aumentava exponencialmente, fazendo já despontarem frutos sigilosos.

Seguindo o exemplo do Amante das Palavras, José era contumaz em ficar no trabalho além do horário. Nada o obrigava a isso, a não ser o propósito de observar seu ídolo em ação. Quando o escritório ficava quase deserto e sentia que era hora do bote, aproximava-se bem devagar, lia o máximo que podia do que estava na tela do computador e, no momento em que sua presença era notada, perguntava-lhe se não queria um cafezinho. A reação do redator era sempre simpática, e raramente a oferta do café não era aceita, o que gerava novas oportunidades de aproximação a cada abordagem. Minutos depois, voltava ele com o café e ficava ali parado, fingindo esperar que a bebida fosse sorvida para que levasse a xícara de volta à copa. Obviamente, a manobra era percebida pelo criativo, que misturava aos goles de café o doce sabor da tietagem.

Foi numa dessas ocasiões que José, tirando forças sem saber de onde, disparou:

— Eu li o seu conto. — Sua voz saiu com um estranho tremor pigarreado.

Dos lábios semissorridentes que acabavam de se descolar da borda da xícara, veio a autorização para que a conversa prosseguisse:

— Qual deles?

— Aquele do atirador de facas.

— Como assim? Ainda não consegui publicar.

— É que... Lembra quando o senhor estava com ele lá na livraria e eu derramei o café? — O nervosismo levou-o ao respeitoso tratamento de "senhor", quando todos na agência, exceto o vaidoso presidente, faziam questão de ser tratados por "você". Percebeu o tropeço na hora, mas preferiu seguir em frente para não se atrapalhar no que tinha de mais relevante a dizer. — Pois é. Depois que eu limpei a mesa, em vez de jogar o papel fora, levei pra casa.

— E deu pra ler alguma coisa? Aquilo estava uma melança completa.

— Deu sim. Limpei a folha direitinho e depois passei o texto a limpo.

— Que legal, rapaz! E o que você achou do conto?

José sorriu enviesado, desviando os olhos para o chão, não acreditando que o autor estava se submetendo a seu julgamento. Na ânsia de não deixar dúvidas sobre a veracidade de sua opinião, acrescentou alguns decibéis involuntários à resposta.

— Gostei. Gostei muito. Sempre gostei de atirador de facas, e seu jeito de escrever sobre o assunto foi... diferente... — Buscando as palavras e temendo soar afetado, preferiu insistir no verbo gostar, apesar da pobreza de repertório que isso pudesse denotar. — Gostei demais mesmo! — Enrubesceu ao sentir que o "demais" soara demais.

— Pô, Zé, muito bom ouvir isso de você! Não é sempre que a gente recebe elogios de leitores acidentais e desinteressados. Valeu, hein! E o café estava ótimo.

Virou-se para o computador para continuar seu trabalho, sem que dessa vez José repetisse o ritual de retirar a xícara. Parado atrás da cadeira como uma estátua balbuciante, ele tomou todo fôlego e coragem disponíveis e grunhiu:

— Só mais uma coisa...

A cadeira giratória do Amante das Palavras percorreu os cento e oitenta graus mais longos da história.

— O que foi, Zé?

— É que eu também escrevi um conto sobre atirador de facas e queria que o senhor — voltou a tropeçar no tratamento respeitoso, pigarreando — lesse.

Num gesto reflexo de caubói na hora do duelo, sacou do bolso a folha de papel dobrada em quatro que continha um punhado de meses de trabalho, e com mão de vara verde conduziu o trêmulo fruto de sua criatividade até a mão estendida do divertidamente intrigado redator.

— Olha, Zé! — Sua voz tinha um tom paternal, solidário com o evidente nervosismo que se apossava de José naquele momento. — Agora, eu tô no meio de um texto que precisa ser entregue amanhã cedo. Deixa o conto comigo que eu prometo ler com todo carinho, no máximo até amanhã, certo?

— Certo.

— Essas coisas a gente tem que ler com atenção, se não acaba dando palpite errado.

— Eu sei. Muito obrigado. — O agradecimento saiu tão embargado pela emoção que acabou inaudível, mas a contração facial e os olhos represando lágrimas supriram com larga vantagem a precariedade do som.

José partiu dali direto para o banheiro, atendendo aos apelos urgentes das glândulas lacrimais e dos intestinos revoltos. A exemplo do suor que já esguichava há algum tempo e do sangue que desritmava o coração e latejava nas têmporas, tudo em seu corpo parecia buscar uma saída, prestes a explodir num chafariz de secreções.

Só muito depois do alívio fisiológico e do rosto lavado, já na rua, a caminho de casa, conseguiu reencontrar o oxigênio que lhe devolveu o fôlego. Pouco a pouco, instalou-se nele o torpor sucedâneo dos grandes esforços. Praticamente anestesiado, José pôde entregar-se ao merecido e profundo sono de Espínola.

O Atirador de Ideias

Foi de tirar o fôlego.

A moça linda, frágil, sexy, em seu biquíni com lantejoulas, se posicionou em "x". Seus pulsos e tornozelos devidamente atados naquela távola redonda vertical, que imediatamente começou a girar como se fosse a roda da fortuna dos programas de auditório.

Na plateia do circo, alternavam-se olhos muito abertos com olhos cobertos, reflexo condicionado pelo medo de testemunhar uma falha humana fatal.

Diante da moça giratória, o astro: roupa de amante latino, olhos vendados, jeito blasé, empunhando dez ameaçadoras ideias. Cortantes, perfurantes, cintilantes.

Rufam os tambores. Lá vão as ideias, uma após outra, perigosamente arremessadas na direção da moça que espalha brilhos de lantejoula em sentido horário. A trilha sonora da cena do chuveiro de Psicose seria perfeita para a ocasião. Giram as ideias, cortando o ar violinisticamente, exibindo seu brilho efêmero até o baque surdo contra a superfície em que a pobre moça se estatela como um frango assado à espera do esquartejamento.

Após o pouso da última ideia, a roda reduz a velocidade e aqueles minutos de respiração suspensa desembocam numa explosão de aplausos, vivas e bravos.

O atirador, consagrado, retira a venda dos olhos em que se lê "missão cumprida".

A moça, grogue mas sem perder a pose, se desvencilha da roda salpicada por nove ideias que lhe desenham a silhueta.

Naquele momento de glória, ninguém notou que, das dez ideias arremessadas, uma, apenas uma, se perdeu. Foi encontrada horas depois, na testa do dono do circo — o único que não curtiu o espetáculo.

José E. dos Santos

Comentário não necessariamente desnecessário

O fato de estar lendo este livro indica que você deve ter senso crítico suficiente para perceber que o conto assinado por nosso protagonista é mais sofisticado do que devia, um clássico do gênero "bom demais pra ser verdade". Ou não.
Alguns personagens, como veremos adiante, também não acreditam que ele tenha capacidade para uma redação tão elaborada.

Por outro lado, se você aceita que James Bond e Indiana Jones sempre escapem das ameaças mais incríveis e que personagens centrais de livros como O amor nos tempos do cólera *ou* O caçador de pipas *podem contabilizar centenas de amantes, ou atingir precisão milimétrica com disparos de estilingue, por que não admitir proezas equivalentes no campo literário?*
Seria a resistência às improbabilidades físicas menor do que a que opomos às improbabilidades intelectuais? Ou estaríamos de tal forma atrelados a nosso status sociocultural que, instintivamente, desenvolvemos um alarme específico para a invasão do que consideramos uma espécie de território exclusivo de superioridade mental?
Lamento informar, mas isso pode ser um grave sintoma de preconceito. A não ser, claro, que os fatos provem o contrário.

Fatos?

Fica difícil falar em fatos e provas quando uma vida é revista sob a tensão de quem está às portas da morte. Lembre-se de que esse é o nosso caso.
Todo mundo sabe que não se pode exigir precisão absoluta de quem se encontra numa situação-limite. Mas, bem ou mal, temos as cartas. Ah, sim, as cartas. Não são lá grande coisa, mas é melhor do que nada.
Só que... Atenção! Cuidado para não basear sua análise na diferença entre o que José escreve para Agenor e o estilo literário do conto. Nenhum escritor se comporta na intimidade do mesmo jeito que atua em sua obra. Quer dizer, pode ser que haja exceções, mas, em tese, essa é a regra.

Enfim, pense, avalie e julgue como quiser.
A essa altura, você já é parte integrante da história de José Espínola dos Santos. E tem todo o direito de opinar, concluir, interpretar, filosofar, até mesmo reescrever se achar conveniente. O risco é todo seu. O divertimento também.

QUINZE

"Tudo o que você pode imaginar é real."

PABLO PICASSO

UMA VERSÃO

O Amante das Palavras custou a acreditar no que estava lendo.

O texto criado pelo Zé do café tinha uma qualidade técnica que não combinava com o autor. Seria ele impossível, improvável ou apenas imprevisível?

Sem sequer saber da existência de Agenor, deparava-se agora o megalopolitano publicitário com a teoria forjada por aquele improvável sábio do interior da Bahia.

Passado o primeiro impacto da leitura, o Amante das Palavras levou dois dias sem dar o retorno prometido a José. Não por descaso, muito pelo contrário, por buscar a melhor forma de fazê-lo.

Foram quarenta e oito horas torturantes para o rapaz, que serviu a seu julgador cerca de dez cafés, sem ter coragem de tocar no assunto. E se o veredito o condenasse ao ridículo? O simples pensamento de uma avaliação negativa o inquietava a ponto de quase sufocar.

No último café do terceiro dia, uma sexta-feira, finalmente deu-se o primeiro passo, uma pergunta vinda de onde se esperavam respostas:

— O que quer dizer távola? — disparou o redator, sem olhar para o garçom que se aproximava.

Os outros criativos do departamento àquela altura já estavam longe, correndo atrás de seus programas de fim de semana. Não havia testemunhas para o diálogo que se iniciava.

José, depois de um breve acesso de tosse, respondeu sob o pesado risco de não passar no que parecia ser uma prova oral aplicada de surpresa:

— É... um tipo de mesa.

— E blasé? — emendou o Amante das Palavras, deixando clara sua intenção de não dar tréguas.

— É... ehr... uma palavra... quer dizer, um jeito meio metido, assim... de quem não tá nem aí... acho que vem do francês — devolveu o rapaz quase explodindo de tanto rubor, aterrorizado, mas decidido a não servir café algum enquanto o interrogatório não acabasse.

Consultando o texto do conto, que naquele momento se abria sobre a mesa, o redator leu em voz alta:

— Brilho efêmero...

— Isso aí é um brilho que dura pouco — respondeu com o sorriso de canto de boca involuntário, provo-

Adilson Xavier

cado por um também efêmero lampejo de autoconfiança.

— Onde você aprendeu esses termos sofisticados?

— Primeiro nos livros. Gosto muito de leitura. Depois no meu dicionário, que também é livro, né? — Sorriu marotamente, achando graça do que acabara de dizer. — E ainda tem as conversas. Fico catando tudo o que as pessoas dizem de interessante, às vezes anoto, às vezes olho no dicionário pra entender, às vezes as duas coisas...

Foi cortado sem anestesia, logo quando começava a se sentir um pouco mais à vontade.

— Você viu *Psicose*?

— Quê?

— O filme.

— Claro que vi. Passou na televisão faz um tempão, e aquela cena das facadas do chuveiro nunca mais me saiu da cabeça.

— Vai me dizer que foi daí que você tirou aquela palavra?

— Que palavra?

— Violinisticamente.

— Ah... essa eu inventei. Tá errado? Se tiver, eu troco. É que na cena do chuveiro tocam um violinos agudos que nem ponta de faca, e aí...

— Já entendi, Zé. Não tá errado, não. O problema é que tá certo demais.

A gravidade com que a última frase foi dita deflagrou um zumbido constante nos ouvidos de Zeca, que, por um momento, o fez reviver a trilha do filme que estavam comentando. Pensou em acrescentar que havia presenciado uma conversa na livraria em que os clientes falavam da perfeição do uso dos violinos na cena do chuveiro, que aquilo o deixara mais atento à importância da trilha etc., mas nada parecia suficiente para vencer o muro da desconfiança, que acabava de revelar suas dimensões.

Fez-se uma pausa. Longa demais para anteceder qualquer coisa que prestasse.

O Amante das Palavras o encarou com um olhar de raio X.

— Olha bem pra mim, Zé.

O nervosismo disparou um pisca-pisca incontrolável no interrogado. "Não posso chorar, não posso chorar", repetia ele mentalmente, à beira do pânico.

Erguendo o papel para dramatizar ainda mais a pergunta-chave, o interrogador formulou-a o mais pausadamente que pôde:

— Foi vo-cê mes-mo que es-cre-veu es-te con-to?

— Ôxe! O senhor — dessa vez a indignação foi tanta que ele instintivamente foi buscar apoio numa expressão nordestinizante que há muito deixara de usar, e, de novo, nem percebeu que havia repetido o erro do tratamento cerimonioso — não tá achando que eu ia fazer um papelão desses, né?

As lágrimas brotaram, obrigando-o a um esforço sobre-humano de autocontrole, para não pagar o mico de desabar em soluços infantis.

— Desculpa, Zé, mas você me pediu pra analisar esse trabalho e eu preciso tirar tudo a limpo antes de dizer qualquer coisa. Me conta, agora, numa boa, quem foi que te ajudou a escrever isso?

— Ninguém, ninguém. Já disse que fiz sozinho, e não posso fazer nada se o senhor não acredita em mim. — O tom de José, nesse momento, era parecido com o do episódio do atropelamento de Baleia, diferenciado apenas pelo choro, que, sem saber como, ele continuava conseguindo engolir.

Pediu licença, agradeceu com magoada polidez o tempo dedicado à leitura de seu trabalho e retirou-se, sem notar que não havia servido o café.

OUTRA VERSÃO

O Amante das Palavras custou a acreditar no que estava lendo.

O texto criado pelo Zé do café tinha uma qualidade técnica que não combinava com o autor. Parecia, na verdade, ter sido escrito pelo próprio publicitário.

Passado o primeiro impacto da leitura, levou dois dias sem dar o retorno prometido a José. Não por descaso, muito pelo contrário, por buscar a melhor forma de fazê-lo.

Foram quarenta e oito horas torturantes para o rapaz, que serviu a seu julgador cerca de dez cafés, sem ter a coragem de tocar no assunto. E se o veredito o condenasse ao ridículo? O simples pensamento de uma avaliação negativa o inquietava a ponto de quase sufocar.

No último café do terceiro dia, uma sexta-feira, finalmente deu-se o primeiro passo, uma pergunta vinda de onde se esperavam respostas:

— Por que você copiou o meu conto? — disparou o redator, sem olhar para o garçom que se aproximava.

Àquela altura, os outros criativos do departamento já estavam longe, correndo atrás de seus programas de fim de semana. Não havia testemunhas para o diálogo que se iniciava.

José, depois de um breve acesso de tosse, protestou com a voz esmagada:

— Copiou??!!

— Claro que sim. Seu conto tem a mesma estrutura do meu e repete algumas palavras que eu usei — emendou o Amante das Palavras, deixando clara sua intenção de não dar tréguas.

— É que os dois contos são de atiradores...

— Não tô falando de tema, Zé. Tô falando de estrutura, e de palavras que não fazem parte da tua realidade.

— Mas o conto não é pra ser realidade. É só conto.

A observação ingênua de José provocou visível irritação no Amante das Palavras. Ele respirou fundo, fechou os olhos, e, quando tudo levava a crer que uma explosão se aproximava, o que se ouviu foi uma frase aveludada, que tanto podia denotar compreensão paternal quanto a fúria camuflada dos chefões mafiosos.

— Tema é o assunto: circo, atirador de facas... Enredo é o conteúdo: que história acontece. E estrutura é a forma como se apresenta o conteúdo: as partes em que a história se divide, o jeito de contar... Estamos falando

Adilson Xavier　　　　　　　　**176**

de um trabalho de ficção, Zé. Isso, ninguém discute. Mas a obra tem que combinar com o autor, entende?

Incomodado pelo suor que parecia vazar por todos os poros e pela voz que se agarrava à garganta com medo de sair, José arriscou contestar:

— O senhor me desculpe — perturbou-se por tratá-lo de senhor, quebrando o código de informalidade da agência —, mas o conto combina tudinho comigo.

— Com essas palavras, Zé? Tem duas que estão no meu conto e não têm nada a ver contigo. — Consultou o texto. — Olha aqui: blasé e violinisticamente. Isso é cópia.

A palavra "cópia" caiu como uma bomba nos ouvidos de Zeca, obrigando-o a reagir como animal acuado.

— Desculpa de novo. Não sabia que a tal da estrutura e essas duas palavras tinham dono, e posso tentar mudar se isso incomoda o senhor. — Dessa vez, estava tão concentrado na réplica que nem percebeu que havia repetido o tratamento formal. — Mas, sem querer ser abusado, voltando na coisa de assunto, conteúdo e forma, onde é que fica a ideia nisso tudo?

Um ligeiro tremor na pálpebra esquerda sinalizou o desconforto do inquiridor ao ser pego no contrapé agora na posição de inquirido.

— A ideia fica no conteúdo, Zé. — Passaram-se três segundos até que a resposta fosse concluída, dois decibéis abaixo. — Mas também na forma.

— Era o que eu pensava. — Lágrimas de orgulho ferido brotaram-lhe nos olhos, obrigando-o a um esforço sobre-humano de autocontrole, pra não pagar o mico de desabar em soluços infantis. — Só peço que o senhor julgue se a ideia é boa ou não, e se esse pedaço aí da forma que eu peguei emprestado é bastante pra estragar tudo. — O "senhor" agora foi intencional, para acentuar a posição de superioridade do interlocutor, a quem estava oficialmente reconhecendo o poder de julgar.

O Amante das Palavras sentiu o golpe. Detestava sentir-se como autoridade, sobretudo se essa autoridade pudesse ser interpretada como injusta.

— Olha, Zé, você me pediu pra analisar o texto. Eu sou redator, faço isso todo dia. Você é garçom, está entrando na minha área profissional, e isso dificulta o equilíbrio da conversa. Agora, nesse papo de hoje, você fez umas colocações que mexeram comigo. Me dá mais um tempo antes de eu te dizer qualquer coisa, tá legal?

José apenas pediu licença, agradeceu com magoada polidez o tempo dedicado à leitura de seu trabalho e retirou-se, sem notar que não havia servido o café.

A experiência daquele apagar de sexta-feira atravessou o sábado e o domingo de ambos. Para José, ficou um gosto de fim de linha. Para o Amante das Palavras, a dúvida de talvez ter sido duro demais, e a certeza, mais pela atitude do que pelas palavras, de que o cara do café tinha escrito um conto teoricamente muito além do que sua posição sociointelectual parecia autorizar.

A caminhada dominical de José foi estendida para além do Arpoador e entremeada com corridas. Ao gás carbônico expirado em arfantes lufadas, misturaram-se resmungos, impropérios e maldições, num processo de exorcização que interpretava os jorros de suor como descarrego de todas as ruindades. Quando deu por si, estava em Copacabana, diante da estátua de Drummond, um dos queridos de dona Nerinha, quietinho ali no seu banco. Sentou-se ao lado do discreto monumento, refletiu sobre a lógica de estar aquela figura voltada para a rua observando as pessoas, e de costas para o mar. Talvez por haver mais a aprender nas vidas que transitam do que nas ondas que se repetem. Talvez só pra contrariar as expectativas mais óbvias, como convém aos poetas.

Recuperado o fôlego, lembrou-se das aulas de sua adolescência e cochichou no ouvido do poeta: "No meu caminho também tem uma pedra." A petrificada figura, serena e impassível, retribuiu a cumplicidade do comentário com uma pergunta igualmente amparada em sua poesia: "E agora, José? Para onde?"

Como sempre acontece, a segunda-feira chegou mais rápido do que devia.

Para o Amante das Palavras, mais ainda. Habituado a chegar depois de seus colegas, o que compensava com sobra nos esticados finais de expediente, surpreendeu a todos sendo o primeiro a se instalar em sua estação de trabalho.

O período de aquecimento da equipe, com trocas de informações sobre o que cada um havia feito no fim de semana, também foi um pouco diferente. Tendo como palco principal um espaço de convivência dominado pelo quadro de avisos, que expunha os destaques da agência, aniversariantes da semana, notas relevantes publicadas pela imprensa e curiosidades em geral, abasteceu-se de um fato inusitado.

Mal começou a primeira rodada de café, José percebeu a energia diferente que eletrificava o ar. Nunca tantos olhares se haviam voltado para ele. E — o melhor — não eram olhares misteriosos ou ameaçadores como os que recebeu na praia, no episódio do réveillon, ou na livraria, no episódio da Siliconada da Academia. Eram olhares leves, carinhosos, sorridentes.

Resistiu à primeira tentação de se sentir bem, refletindo sobre a probabilidade de estar vendo duendes, iludindo-se para compensar os efeitos da decepcionante situação enfrentada na sexta-feira, ainda bastante vivos em sua lembrança. Mas, de repente, alguém lhe disse parabéns. Como assim? Não era seu aniversário nem nada.

"Feliz a agência de comunicação onde até o garçom é criativo."

Essa frase, assinada por ninguém menos que o Amante das Palavras, apresentava a toda a empresa o conto de Zeca, exposto em destaque bem no centro do quadro de avisos.

Os músculos de sua face se descontrolaram diante da inédita necessidade de reagir a um estado de felicidade inesperado, que se misturava a um surto de timidez. Várias caretas esdrúxulas tomaram seu semblante até que conseguisse fazer as pazes com sua cara original.

Precisava agradecer ao Amante das Palavras. Mas como encará-lo? O que dizer? Já havia passado a hora de circular com sua bandeja pela criação. Não tinha como evitar o encontro, a emoção e tudo o que ameaçava seu estado de equilíbrio ainda tão precário. E como acontece com tudo que é inevitável...

— Olha o Zé aí, gente! — gritou a primeira pessoa que o avistou, uma diretora de arte que costumava tratá-lo com muita simpatia.

— Aê, Zé, mandou superbem naquele conto! — alto-falanteou alguém numa mesa distante.

José tinha dificuldade para identificar de onde vinham as falas, tantos eram seus desvios de olhar para o chão, acionados pelo tenso sorriso que lhe enchia o rosto de veias.

— Esse malandro copiou o texto de algum livro desconhecido! — galhofou um redator que não resistiu à piada, apesar da preleção feita uma hora antes pelo Amante das Palavras, dando testemunho da autenticidade da obra e descrevendo o duro processo inquisitório a que submetera o autor.

— Fica na tua, que ele escreve melhor que você, Tucão! — retorquiu outro mais gaiato ainda. — Tu vai acabar servindo café no lugar dele!

Todos riam, se divertiam, celebravam a conquista de Zeca.

Distribuindo cafés como quem distribui autógrafos, ele flutuava entre as mesas, planejando seu trajeto de modo a deixar, para o fim, a mesa de seu benfeitor.

O Amante das Palavras fingia estar concentrado na tela do computador. Na verdade, sentia-se emocionado e detestava que os outros percebessem isso.

Quando José postou-se a seu lado já com a xícara em movimento, disse-lhe baixinho um dos "obrigados" mais profundos que já conseguira pronunciar.

Dessa vez, o redator não girou a cadeira. Apenas recostou-se e olhou por cima do ombro com um sorriso tão profundo quanto o "obrigado" que acabara de ouvir.

Na mão que acabava de deixar o café sobre a mesa, foi depositado um bilhete, cujo excesso de dobras indicava que devia ser lido mais tarde, e facilitava a ocultação sem que ninguém desconfiasse de sua existência.

Chegando ao reduto da copa após seu tour matinal por todos os departamentos da agência, José apressou-se em buscar o minúsculo volume de papel guardado no bolso direito da calça, desdobrando-o, cuidadosamente, para desvendar a única frase nele contida: "*Zé, teu conto é du caralho!*"

Sozinho em sua trincheira, agora sim, podia chorar à vontade.

A expressão "du caralho", muito corrente no meio publicitário, era o maior elogio que um criativo podia almejar. Mas, vinda do Amante das Palavras, severo crítico da facilidade com que os du caralhos eram distribuídos entre os coleguinhas, revestia-se de um valor extraordinário. Pouquíssimos trabalhos mereciam dele tão honroso galhardão.

Adilson Xavier

Apesar do inusitado do fato, a maioria dos profissionais da agência não lhe deu tanta importância assim. Algo em torno dos cinquenta por cento deu-se ao trabalho de ler o conto. Boa parte desses preferiu não acreditar na autoria. Dentre eles, um número considerável achou tratar-se de uma brincadeira do Amante das Palavras, sendo ele próprio o criador do conto. Houve os que acharam o texto uma bobagem, sinal de que os criativos da agência estavam ociosos. Muitos nem tomaram conhecimento da história. Mas a verdade é que o zum-zum-zum foi mais forte que a resistência, levando os que estavam em seu raio de ação a reagir positivamente quase por osmose. Nessa onda de positividade, alheio aos perigos submersos, José surfava triunfante.

O mais grave dos perigos, como geralmente acontece, nasceu de uma tolice burocrática.

Responsável pela seleção do material que devia ser exposto no quadro de avisos, a gerente de RH enfureceu-se com o que qualificou como um abuso dos indisciplinados criativos. "Eles precisam aprender a ter limites", dizia a seus interlocutores mais íntimos. "O que esse bando de mimados bem pagos está pensando? Acham que podem invadir a área dos outros sem mais nem menos?"

Desprovida de coragem para protestar junto aos criativos, de quem tinha a certeza de que receberia uma saraivada de piadas e sem condições de expandir sua manifestação de descontentamento, a ressentida e recalcada gerente buscou uma via alternativa. Sabedora da simpatia que o fato havia angariado junto aos formadores de opinião da empresa e consciente de que qualquer atitude frontal a transformaria em alvo de impiedosas críticas, lançou-se a buscar nos inexpugnáveis porões dos regulamentos internacionais a célula mater de um plano ridiculamente escabroso.

DEZESSEIS

Plano escabroso como aquele, só vindo de Genivaldo mesmo. Sua proposta de comprar o boteco de Agenor dois anos depois do entrevero com o jovem José tinha todos os ingredientes de vingança... prato que se come frio... *Vade retro!* Ainda mais depois de tantos indícios de envenenamento da pobre dona Carola, o não sei que diga acumulava motivos para que o condenassem ao isolamento completo ou pena maior. Por falta de provas ou de memória do povo, o fato é que continuava a circular normalmente e tocar seu comércio guloso, àquela altura dependendo de apenas uma assinatura para se tornar monopólio. Chegou até a se casar de novo, cedo demais para uma viuvez tão polêmica, e logo com quem: dona Quitéria. Tinha vocação pra corno o sujeito.

Agenor, cujo temperamento fazia supor um imediato e sonoro "não", reagiu com surpreendente frieza. Aceitou conversar, discutiu preço, falou em prazos, etapas, condições... Nem de longe parecia o inflexível opinioso que todos conheciam. Estava um pouco mudado, até fisicamente, mais magro, um tanto abatido, comendo pouco, pensando muito.

Desconfiar, Genivaldo bem que desconfiou. Esperava raios e trovoadas, expressões emocionais, gestos largos, viradas de mesa. Encontrou brisa suave, palavras sensatas, argumentação contida. Fúria latina mudada em placidez oriental. Bateu-lhe um medinho no início, mas, embriagado com a sensação de dominar seu concorrente de tantos anos, nem pensava em recuar. Sentia-se no topo, não queria descer dali.

Quieto no seu canto, Zeca esticava os olhos, apurava os ouvidos... Não conseguia montar o quadro com as peças do quebra-cabeças que lhe caíam no colo. E olha que ouviu mais do que os negociadores imaginavam. Escutava que só tuberculoso, diziam os mais velhos sobre o sempre auscultatório menino do Agenor.

"Painho endoidou. Deus não permita que caia em conversa-mole", remoía em seus pensamentos. "Como se há de viver sem nosso botequinho querido? Fazer negócio com esse coisa ruim. Num tá vendo que dali sai nada que preste?"

Encontra daqui, volta semana que vem dali, e a aura de serenidade de Agenor mantinha-se inabalável, adiando torturantemente o aperto de mãos que selaria o pacto, ou o aceno de adeus que o sepultaria de vez.

Excluído do debate, o menino continha as palavras como quem segura ânsias de vômito. Até que, num belo dia, do embrulhado estômago escaparam-lhe golfadas verbais.

— Painho, me desculpe.

— **Que foi, Zé?**

— É que esse vaivém de seu Genivaldo...

— **Se mete nisso não, menino.**

— A maldade.

— Quê?

— Maldade nos olhos dele, forra de mágoa antiga.

— E eu não sei?

— Sabe?

— Faz tempo.

— Então?

— Então nada.

— O que vai ser de nós, meu pai?

— Eu, é problema meu. Tu vai pro Rio de Janeiro buscar teu destino.

— Oxente! De jeito e maneira...

— Tô cuidando do jeito e da maneira.

— Com todo respeito que lhe devo, vou pro Rio não. Quero ficar aqui ao seu lado.

— As coisa mudam, filho. Fique tranquilo que eu sei o que tô fazendo.

— Mas, pai!

— Sem mas pai, nem menos pai. Um dia tu entende.

Um dia tu entende, um dia tu entende. Tantas conversas ao longo de tantos anos encerradas do mesmo jeito, transferindo as revelações fundamentais para um futuro que nunca chegava.

A negociação definitiva aconteceu a portas fechadas. Zeloso para que nem uma única palavra escapasse daquele encontro, Agenor proibiu Zeca de entrar em casa enquanto Genivaldo estivesse lá. Pedra no coração e britadeira na cabeça, o rapaz vagou pela rua por mais de três horas. Não se atrevia a parar, nem conseguia raciocinar, afogado num burburinho de pensamentos ensurdecedor.

Já madrugada, viu a hora em que o vilão chegou a seu refúgio. Adivinhou um quê de derrota em seu passo arrastado e deixou-se bafejar por uma nesga de esperança. Voltou correndo para casa com fome de notícia boa. Deparou-se com estranhos olhos paternos, vermelhos, sinal de alerta, perigo. Melhor pisar no freio, recolher as perguntas e esconder-se no sono pra não ouvir assunto de pesadelo.

Nos dias que se seguiram, intensificaram-se as conversas com o compadre Juvenal, assim como as viagens a Salvador, algumas delas estendendo-se por vários dias. Agenor nunca explicava ao filho o que ia fazer na capital, muito menos sobre o que versavam os encontros com seu compenetrado padrinho.

Genivaldo recolheu-se, o pai encolheu-se. José, perdido na conspiratória atmosfera a seu redor, temia mexer em casa de marimbondo. O intenso movimento das nuvens bastava-lhe para adivinhar a tempestade.

Quanto valeria o boteco que os sustentara até ali? Eram constantes os pedidos de mais prazo para o pagamento das dívidas. Eram evidentes os sinais de insustentabilidade do negócio. Por mais que as pessoas preferissem comprar com Agenor, havia mais sortimento no armazém em frente e ofertas de preço impossíveis de acompanhar.

Consideração, clemência e humanidade são palavras que não existem no dicionário do comércio. Mal sabiam os consumidores, ávidos por vantagens imediatas, que estavam construindo sua sujeição futura às condições extorsivas impostas pelos monopólios. Ignoravam ou simplesmente desconsideravam os efeitos das leis de mercado sobre a vida daqueles dois conterrâneos, pai e filho que, teoricamente, todos diziam querer bem. Amigos, amigos; negócios... salve-se quem puder.

Exceções à regra da crueldade universal felizmente existiam. Juvenal era a exceção número um, sujeito cem por cento, pedra noventa, nota dez e outras expressões numéricas de louvor à confiabilidade, já consagradas ou ainda por inventar. Não fossem os Juvenais, nem pensar. Mas viver de exceções é ficar todo aberto na prancha enquanto alguém atira facas que raspam em seu corpo.

Quanto valeria o boteco endividado? Teria ele sido vendido a Genivaldo? Por quanto? O que fazer com o dinheiro da venda, se é que existia venda? Seriam essas incertezas as causadoras do emagrecimento de Agenor? Depressão? Desgosto? Doeriam elas a ponto de contorcer seu rosto, como de vez em quando não conseguia disfarçar? E essa insistência em mandar José pro Rio? Apenas mais uma de suas cismas? Como era pirrônico o homem!

Perguntas demais, medos demais, lâminas demais voando em sua direção.

DEZESSETE

"O homem é absurdo por aquilo que procura, grande por aquilo que encontra."

PAUL VALÉRY

José na cama, só de cuecas, braços abertos.

As duas Borboletas da Mídia, uma em cada braço, cabeças aconchegadas nos ombros, lábios, línguas e sussurros alternando-se nos ouvidos. "Meu escritorzinho gostoso", "José E.", "Gostei do E.", "Meu herói da bandeja", "Não tem o Zorro que se assina como Z? A marca do Zorro. Então, Zezinho se assina como E."

Despiram-se lentamente, as duas ao mesmo tempo, dançando como nos bares da Vila Mimosa, revelando aos poucos a íntegra de suas tatuagens, pequenas obras de arte na tela exsudante.

As duas maiores tentações da empresa, inteiras sobre ele, mãos generosas, bocas generosas... Generosidade demais pra ser verdade. Não era.

José na cama, só de cuecas, braços abertos.

Acorda gemendo de prazer. Abraça o travesseiro como se fosse a Borboleta da esquerda. Êta sonho bom! Serviria um café mais caprichado pra elas quando chegasse lá na agência. Por que não dizer que havia sonhado com elas? Só ele sabia o teor do sonho, zero de perigo. Eram legais as meninas, certamente sorririam, fariam alguma insinuação brincalhona, alimentariam suas fantasias.

De concreto, gostou da ideia do "E". Sonhar é imaginar dormindo, concluiu. Acabara de imaginar sua marca: nada de nomes, apenas E, e ponto. Pensando bem, Zorro e James Bond tinham algumas características em comum, sofisticados, charmosos, sedutores, irônicos, imbatíveis. Benditas sejam as musas borboleteantes.

Veio a calhar o sonho marcante. Serviu de alento e inspiração quando a grande confusão começou a assumir proporções internacionais.

Dois dias depois do sucesso do conto no quadro de avisos, um surto autoritário da gerente de RH, eufemisticamente batizado de reestruturação, fez com que ela retirasse todas as mensagens ali publicadas, prometendo voltar na semana seguinte com novo formato e nova pauta. As mínimas alterações implementadas a seguir provaram que tudo não passava de esfarrapadíssima desculpa para retomar o controle do que era afixado em seu diminuto espaço de poder.

De posse do texto produzido por José, a fera ferida dedicou-se a traduzi-lo cuidadosamente para o inglês, e enviou a tradução para o Comitê Especial de Segurança na matriz norte-americana, acompanhada de uma mensagem também em inglês que dizia mais ou menos o seguinte:

"O texto em anexo, apresentado em forma de conto, sem prévia autorização da Gerência de Recursos Humanos, no quadro de avisos de nosso escritório no Rio de Janeiro, apresenta sofisticação formal e temática incompatíveis com a baixa qualificação intelectual do funcionário que o assina, por nós contratado como copeiro/garçom. Tudo indica ter sido o mencionado texto elaborado pelo funcionário do Departamento de Criação, que, ironicamente, o apresenta a toda a nossa equipe, com explícitos elogios (vide texto de apresentação # 2). Preocupa-me que tal quebra dos procedimentos estabelecidos em nosso regulamento para o uso do quadro de avisos ocorra com mensagem de conteúdo subversivo, em que se ridiculariza a autoridade e se estimula a violência contra o poder constituído. E que, independentemente dos subterfúgios adotados por seu provável verdadeiro autor, valha-se ele de profissional encarregado de servir alimentos e bebidas a todos os que aqui trabalham e todos os que nos visitam. Se as palavras do texto envenenam a alma, sem dúvida o signatário do texto tem ampla possibilidade de envenenar o corpo de quem quer que seja."

Patético. No fundo, a gerente venenosa sabia que seu comunicado não tinha a menor chance de ser levado a sério em solo nacional. Abrigou-se no sigilo que lhe era garantido pelo poderoso Comitê da matriz e tratou de não comentar o que fizera com ninguém, nem com o presidente da agência, a quem costumava bajular com especial habilidade. Dizer à mais alta patente da empresa no Brasil que estava preocupada com a possibilidade de José envenenar seus cafés, seus chás, seus sucos de laranja podia até funcionar devido a seu estilo dândi obtuso, mas era demasiadamente arriscado. E se ele caísse na gargalhada? E se ela se tornasse motivo de chacota? Melhor mover-se nas sombras, onde o ridículo, em princípio, jamais a alcançaria.

Para o funcionário americano encarregado de ler as mensagens enviadas ao Comitê, aquele era um fato extremamente relevante. Não o conteúdo do documento, mas sua mera existência. Alguém fora dos Estados Unidos finalmente lançava mão do instrumento disponibilizado para todos os escritórios espalhados pelo mundo. Mais de um ano depois da implantação do Comitê, chegava aquela joia semeadora de suspeição, tão esperada quanto o defunto inaugural do cemitério de Sucupira pelo "bem-amado" Odorico Paraguassu, de Dias Gomes.

Angustiantemente ocioso, Paul Velazquez, porto-riquenho transferido da área de controladoria para o recém-criado Comitê, recebera a notícia de seu rebaixamento fantasiado de promoção como um convite para a antessala do inferno. Seu próximo passo seria em direção à rua, e as chances de um novo emprego aos cinquenta e sete anos eram tão remotas quanto a possibilidade de aquele Comitê servir para alguma coisa que prestasse. Cabia-lhe, portanto, dourar a pílula, valorizar ao máximo a iniciativa da zelosa RH brasileira, multiplicar avaliações, indagações, averiguações, confirmações e instruções pelo maior número possível de e-mails e telefonemas, sempre revestidos de códigos, senhas e contrassenhas que lhes assegurassem discrição equivalente ao nível top-secret da CIA.

De sua mesa localizada no cantinho mais remoto do superpopuloso escritório de Nova York, Velazquez, tão esquecido de todos que, se morresse no posto de trabalho, só seria percebido quando começasse a impregnar o ambiente com os odores da decomposição, ele — o bom e velho Paul — ressurgia qual fênix a bordo de um caso que poderia render refletores, memorandos elogiosos e os anos de serviço que lhe faltavam para uma aposentadoria digna.

Na agência, tudo seguia seu curso normal. Exceto pela repentina recusa da RH em aceitar tudo o que lhe era oferecido por José. Escusava-se com uma inventada dieta que lhe vetava a cafeína e uma estranha aversão a chás, sucos, bebidas gasosas, qualquer coisa equilibrada sobre a bandeja do inocente garçom. Na realidade, sentia-se obrigada consigo mesma a agir em consonância com a suspeita que havia jogado no ventilador internacional.

Outra pequena anormalidade na rotina da agência era a nova mania de Zeca. Sempre que percebia o estúdio de montagem gráfica vazio e estava a salvo de olhares vigilantes, recolhia sobras de cartolina, pedaços de títulos impressos em letras grandes e outros elementos sem utilidade aparente. Não foram poucas as vezes em que resgatou esses retalhos na lixeira, salvando-os do degradante destino de todas as sobras. Acondicionava-os, cuidadosamente, na mochila ou em grandes sacolas de papel e os organizava em casa, dando forma ao que chamava de seu estúdio particular.

Falar de normal e anormal num ambiente fervilhante como aquele não é tão simples como parece. A agência era uma bolha, um mundo à parte. Vivia-se ali uma realidade paralela de constantes decodificações, em que as ideias eram mais sólidas que os fatos, e a excentricidade era cultuada num clima de quanto-mais-louco-melhor. Ainda que naturalmente afetada pelo mundo exterior, via-o de um ângulo muito particular, com as inevitáveis distorções provocadas pela bolha.

Do lado de fora, o noticiário era dominado pelos escândalos políticos. Até aí, nada de novo. Só que o descaramento com que se roubava os cofres públicos e se mentia para a população em pleno dois mil e seis atingia intensidade e frequência insuportáveis. Nos corredores da agência, a desalentadora situação política do país era reinterpretada em termos de comunicação como um estado de anestesia coletiva provocado pela repetição banalizante, cujo resultado final era a apatia do povo, cada vez mais insensível aos apelos de comunicação. Todos mentiam, essa era a regra que, na percepção do público, atingia desde autoridades governamentais até extratos de tomate.

Convencidos de que nada iria mudar e tudo tendia a piorar, os brasileiros partiam para o salve-se quem puder, cada um por si, dane-se o avião que eu não sou o piloto. Mais apocalíptico, impossível. Enquanto dentro da agência, a indignação cidadã, por vício profissional, metamorfoseava-se em análise de mercado, busca por oportunidades e deduções estratégicas variadas. "Como tornar nossas mensagens relevantes para um público que não acredita em mais nada?", perguntavam-se diariamente.

Tudo indica que o caldo resultante do cruzamento desses dois mundos — o "podemos tudo" dos políticos com o "pensamos tudo" da agência — tenha sido o principal motivador para o plano de "call to action" que começou a germinar na cabeça de José logo após a breve publicação do seu conto no quadro de avisos. Faltava o passo seguinte, o comando conciso e impactante que mexeria com a cabeça das pessoas, impulsionando-as a agir.

José na cama, só de cuecas, braços abertos.

A cama gira. Tudo gira em volta.

A superfície é dura e nada confortável.

Os braços de José estão presos, as pernas também.

Peraí, não é uma cama, a posição é vertical. Tem muita gente em volta, muitas luzes. Aquilo é um circo.

Diante do imobilizado alvo, um imponente atirador de facas se posiciona. É Pena Vermelha.

A situação assusta, mas Zeca o admira como a um rei. Confia nele.

A primeira faca é lançada entre suas pernas, quase decepa-lhe o saco. Ouve-se o mugido emocionado do público, misturado ao coração de José que, a essa altura, bate direto nos tímpanos.

A superfície de madeira continua girando. Aquela faca entre as pernas parece um pênis ereto. José ensaia um sorriso ao pensar nessa bobagem. Está tonto, embriagado de ideias. Sonhar é criar dormindo — filosofa metalinguisticamente.

Desfaz-se rapidamente o sorriso. Quem empunha a segunda faca não é mais Pena Vermelha. É uma daquelas pessoas que o acusaram e perseguiram no réveillon de Copacabana. Uma não, várias delas, em fila, muitas facas. Todas são atiradas ao mesmo tempo. Cravadas nas mãos e nos pés.

José crucificado. O sangue escorre, mas ele continua vivo, alerta como nunca, percebendo cada detalhe do que se passa à sua volta. Na plateia, os colegas da agência, da livraria, do bar, os amigos de infância, os fregueses do boteco, e dona Nerinha, chorando, coitada.

Rufam os tambores. A última faca vai ser lançada. José não acredita no que vê.

Quem faz pontaria agora é o presidente da agência. De terno, todo elegante.

Ele mira bem na testa da vítima indefesa.

Antes da faca, lança-lhe uma frase. Não! Aquela voz não lhe pertence.

Adilson Xavier

Da boca do último atirador, envenenada de frieza e sarcasmo, desprende-se a inconfundível voz de Agenor: **Ideia é bicho perigoso**.

José acorda empapado de suor. De sua testa escorrem gotas salgadas e pensamentos confusos. Seus braços não estão abertos como antes.

DEZOITO

A partida do Amante das Palavras foi muito sentida pela agência. Teve almoço de despedida, gente chorando pelos cantos, e José de olho comprido, achando que nem um tchauzinho iria receber. Ao vê-lo acabrunhado daquele jeito, o redator caminhou em sua direção, agradeceu por todas as bandejas servidas, deu-lhe um abraço apertado e soprou em seu ouvido: "Criatividade é fazer primeiro. Cravado na testa."

Deixou-o com essas palavras zumbindo nos tímpanos, enfileirou mais uma meia dúzia de abraços, pegou suas caixas de papelão cheias de livros, revistas, fotos e prêmios particulares, e partiu em direção a São Paulo, onde outra agência o esperava com trinta por cento a mais de salário. Proposta quente. Fazer o quê?

Fazer ou pensar? Seu pai um dia lhe dissera que as pessoas mais importantes eram as que tinham ideias, não as que faziam coisas. O Amante das Palavras, definindo criatividade com o verbo fazer, deu-lhe um nó conceitual que levou meses para ser desfeito. Desatado o nó, convenceu-se de que criar era o momento em que o pensar e o fazer se encontravam.

Nenhum funcionário ou diretor do escritório, nem o próprio Amante das Palavras, fazia ideia do e-mail

201   E. O ATIRADOR DE IDEIAS

que bloqueou as chances de negociação para sua permanência na empresa. Graças à sua preferência por continuar morando no Rio e a seu entrosamento com os colegas de trabalho, as chances de fracasso da proposta paulistana eram maiores do que aparentavam. Mas, para surpresa geral, diferentemente das ocasiões anteriores, nenhuma palha foi mexida.

De seu cantinho obscuro em Nova York, Paul Velazquez, informado da reunião de Board agendada para o início de dezembro no Rio, com a presença do CEO mundial, acionou o alerta sobre os riscos de expor tantas autoridades ao convívio com elementos potencialmente hostis. O anúncio da reunião ajudou-o a reacender o tema que quase morria de inanição por falta de interesse dos decisores chamados a opinar. Nada como um deadline e um responsabilizador giratório para fazer as coisas acontecerem. Cinco computadores depois, uma escultura de e-mails paranoicos despencou na máquina da gerente de RH, a quem foi facultado comunicar ou não ao presidente brasileiro da agência a situação delicada em que estavam metidos.

A proposta recebida pelo "subversivo" redator, bastante corriqueira para um profissional do seu calibre, veio bem a calhar para a ex-aflita e agora jubilosa mulher. Poupava-lhe muitos esforços e desgastes.

Das outras vezes, sempre se dava um jeito. Dessa vez, não. Nada de argumentação, nada de prós e contras, nada de negociação. Nem a veemente intervenção do diretor de criação junto ao presidente surtiu o menor efeito. Cópias ocultas da denúncia gerencial e da confusão por ela provocada enfeitavam de longa data a tela do laptop presidencial, todas com o sinal de sigilo absoluto que impedia a menção do assunto inclusive com a pessoa que o deflagrara. Era o segredo do segredo do segredo das grandes corporações, em que muitos acham que são os únicos a saber o que muitos estão cansados de saber.

"Estamos proibidos pela matriz de oferecer qualquer nova vantagem a quem quer que seja", pronunciou-se a RH com irônica frieza. E, antes que a criatividade de seu interlocutor gerasse algum questionamento ou possibilidade irrespondível, apressou-se em passar uma chave no assunto: "Em nome da empresa, agradeço pelos serviços prestados e lhe desejo boa sorte no novo emprego, lembrando-lhe do compromisso de confidencialidade sobre os projetos em andamento e as ferramentas proprietárias de nossa agência. Volte amanhã, por favor, para fazermos o acerto de contas. Obrigada."

A atitude glacial da empresa no trato com seu principal talento criativo, além de chocar e ofender o até então prestigiado profissional, foi comentada nos corredores como demonstração do desprezo do presidente por qualquer tema que não fosse numérico-orçamentário-bajulatório. Na verdade, descontada a ação corrosiva da traiçoeira gerente, cujo conhecimento lhes fora sonegado, os funcionários bem que tinham razão. Se a RH era Judas, o presidente era Pilatos.

Quinze dias depois, chegou a vez de José. Demitido sumariamente e insistindo em saber a razão, funcionário cumpridor de suas obrigações, pontual na chegada e flexível na saída, além de muito querido por todos, acabou ouvindo o que, de alguma forma, já intuía: divulgação de texto incompatível com sua posição funcional e com as políticas da empresa.

Insuportável. Perder o emprego logo por causa do conto que lhe custou tanto escrever e lhe proporcionou tanta alegria era uma baita sacanagem. Se lhe faltava uma gota d'água para o passo seguinte ao conto, ali estava ela.

O mundo girou depressa, fazendo com que o castigo da vilã viesse a reboque dos ajustes orçamentários determinados na reunião de Board, exatamente a tal reunião tomada como pretexto para acelerar o desfecho do imbróglio que a mulherzinha aprontou. Depois de acertar com a diretoria as cabeças que seriam cortadas e de ter executado todas as penas máximas, ela própria ouviu sua condenação da boca do presidente. Aquela história de acionar o Comitê internacional, sem informar nada a seu chefe local, decididamente não caiu bem.

Do outro lado do Equador, Paul Velazquez, no rastro de seus e-mails bem direcionados, ganhou prestígio e fôlego suficientes para se manter no posto até a acalentada aposentadoria.

Rio de Janeiro, vinte e sete de novembro de dois mil e seis.

Painho,

Com essa, acho que já são cem cartas. Se bobear, dá um livro. Não sei se alguém se interessaria em ler "Cartas de Zé Espínola a Seu Querido Pai Agenor". Ô título besta! Mas ninguém precisa ler não.

Tô cumprindo o prometido, isso é que vale. Painho disse "escreva", tá aí tudo escritinho da Silva.

Esse medo que me bateu de repente é que não tá escrito. Ando com um aperto estranho no peito. Acho que é o que todo herói sente antes de fazer seu heroísmo. Acho, acho... certeza que é bom, nada.

Nunca tive tanta dúvida de estar fazendo a coisa que devia. Tem hora que o certo fica tão parecido com o errado...

Lá na agência em que eu trabalhava diziam que boa ideia sempre deixa essa sensação. Se não der um medinho, é porque não vale a pena. Ideia, meu pai. Aquilo que você sempre me disse pra ter agora vem chegando. Ainda não tá bem amarrada, mas tá muito perto, tão perto que me tira o sono. Vem em pedaços que eu monto que nem quebra-cabeça, parecido com o jeito que me veio o conto. Pingou daqui, pingou dali, e acabou dando o maior caldo. Êta, nós! Perdi o emprego, mas não perdi a pose.

Falar nisso, deixei meu nome na agência de emprego. Serve garçom, zelador, porteiro, até motorista. Aprendi a dirigir, quem sabe? Por enquanto, nenhum sinal de coisica nenhuma. Mas nem consigo pensar direito no assunto. O dinheirinho que o outro emprego me pagou segura até março, e eu decidi que dois mil e sete vai ser o meu ano. O nosso ano, seu Agenor, pai mais coruja de todos os corujas. Ano em que esse filho vai te dar orgulho, ah vai...

Tô dizendo? Fiquei emocionado. Melhor parar por aqui.

A carta é curta, mas bem recheada. Vai nela um caminhão que carrego nos ombros (sempre que te escrevo, fico mais leve), e um pedido urgente de sua mais caprichada bênção.

Deus nos proteja, meu pai.

Teu filho,

José

DEZENOVE

"Sonhar é acordar-se para dentro."

MÁRIO QUINTANA

Acorda Zé! Travesseiro chato Que horas são Escuro ainda Tô morto E a frase não me sai melhor não me entra na cabeça Porra de frase Call to action Nome besta Faz sentido Bem curtinho bem simplinho Pra entender e guardar Todo mundo vai ver Calma Zé Menos Zé Tá bom tá bom Muita gente Gente de bem Bem na praia Domingão lotado Que barulho Tá ventando Só podia Abafamento de dia Deu na TV Meu pescoço Vira o tempo Vou arrumar posição melhor Pronto virei Ô travesseirinho safado Uff Que é isso Gata no cio Numa hora dessa Com um vento desse Tenho que dormir Para de pensar Zé Para de pensar Relaxa Melhor virar pro outro lado De que lado eu fico Se é para o bem de todos diga ao povo ZZZZZZZZZZZZZZZZZZZZZZZZZ ZZZZ Acorda Zé! Tá chovendo Sabia Tiro certo Atirador de Ideias ideias ideias pingos de chuva caindo na cabeça Chuva de ideias Balas perdidas Ideias atiradas

no alvo ao vento Ideias ao vento Invento Que doidice
Ai que sono Meu alvo é dormir Atirar de olho fechado
Vou errar claro Vai que eu acerto Pode ser que Deixa
pra lá Que nem presidente Presidente sempre deixa Pra
lá de Bagdá Longe pra cacete Meu conto vai Longe Até
onde a faca alcança Cansa Criar cansa Viver cansa Sofrer assim judiação Quero dormir No ponto não Meu
conto não é um ponto Pronto Seria uma rima não uma
solução Quem foi que disse isso Diz aí dona Nerinha
Acho que foi Drummond Ela adorava Sei lá Isso lá é
hora A chuva tá forte Vai encher tudo Tô cheio desse
Saco cheio De merda aquela agência Presidente babaca
erreagazinha escrota Borboletas gostosas Nunca mais
nem pintado Saco De dormir É assim nos acampamen-
tos Endoidei ZZZZZZZZZZZZZZZZZZZZZZZZZZZZZ
Acorda Zé! Nunca mais vai amanhecer Noite eterna
Nunca mais vou dormir direito A torto e a direito Meus
direitos Sem emprego Nada Ah meu pai Dona Nerinha
Minha mãezinha que nem vi direito Deus a tenha Injustiça É o Brasil essa praga Mundo todo sei lá Falta rei
de verdade Rei do Futebol tem Rei do Frango Assado
muitos Rei da Pizza qualquer esquina Falta herói Falta
vergonha na cara geral nacional federal País sem vergonha sem moral sem Frase Cadê ela Voou Deu branco
Branquinha Um anjo Ah Gazela Linda Classuda Até
chapéu de aba branca usa Minha musa princesa Beleza
Gentileza Profeta gente boa Muito boa Vou fazer Falta a
frase De efeito de trivela de jeito Esse vento vai quebrar
A janela estalou Quebra tudo Mete medo nos ômi
Político safado Tem que pressionar Presidente pode

Adilson Xavier

mas não quer ou não faz por preguiça ou não deixam fazer Se não deixam é porque ele não pode se não pode sai da frente ora Só metendo medo De quê De quem De mim Por que não Coceira danada no pé Que calor meu pai Melhor virar o travesseiro tá suado demais Cabeça quente Relaxa Zé ZZZZZZZZZZZZZZZZZZZZZ ZZZZZZZZZZZ

Picotadas. Noites interrompidas por aceleração cerebral, maldormidas como regra. Era assim desde a sua demissão. A desgovernada torrente de conversas roubadas de terceiros, ideias anotadas em seu caderno e convicções há muito tempo arraigadas, combinadas com a união sob o mesmo arquétipo de figuras como o dono do circo, o presidente da agência e o presidente da República, tudo isso acabou gerando um caldo assustadoramente explosivo.

Frequentemente, um gosto de morte se insinuava em sua boca. Não era uma morte qualquer, era cheia de vida. Apetitoso paradoxo.

Trazia da agência recentes papos de intervalo sobre expressões como morrer de rir, morrer de cansaço, morrer de medo, morrer de vontade de tomar um café, ou as celebrações de problemas resolvidos com o tradicional "morreu", e os elogios a quem trabalhou bem com eufóricos "matou a pau". Morrer podia ser leve. Matar podia ser heroico.

As ideias flutuavam fora de controle. Desde considerar a bravura dos homens-bomba que o impressionavam com seus atentados, até reflexões sobre músicas dos Beatles, tudo se excaixava, ora na revoltante política brasileira, ora na injusta situação social do país, ora simplesmente na realidade migratória de José.

Mas o que fazem os Beatles nessa história?

Começou nas aulas de inglês oferecidas pela agência. Para torná-las mais atraentes, o professor levou algumas músicas em inglês. Dentre elas, duas se destacaram por razões distintas: "Revolution" e "Get Back". A primeira, óbvio, pela temática revolucionária, a vontade de mudar o mundo. A segunda, pela coincidência do personagem "Jo Jo", que poderia referir-se a um João ou José. Um personagem que se achava solitário e que também saíra de sua casa no interior para tentar a vida numa terra promissora, no caso a Califórnia.

Zeca se identificou com a situação e interpretava o refrão da música como um convite para desistir do seu projeto: "Get back to where you once belonged".

Por misteriosas razões, esse convite o estimulava a continuar, como quem se orgulha de resistir à tentação. Voltar pro seu lugar de origem? Coisa nenhuma!

Misteriosos também são os labirintos mentais que o fizeram conectar o Jo Jo da música com o John (Lennon) que a compôs junto com o parceiro Paul, e que foi assassinado em Nova York, onde escolheu morar, deixando para trás sua velha Liverpool. Ele seguiu em frente com seus incômodos protestos até que um imbecil o calou ao som de tiros desafinados. Que raciocínio enroscado!

Adilson Xavier

Tudo isso foi conversado na aula, em dias diferentes, mas acabou esbarrando noutra conversa, que tinha como foco os Estados Unidos, país em que outro John, de sobrenome Wilkes Booth, meteu uma bala na cabeça do presidente Abraham Lincoln, e um terceiro John, o famoso Kennedy, recebeu outros tiros enquanto desfilava no Texas. Muitos Johns: um músico politizado, um ator assassino de presidente e outro presidente. Três nomes comuns com sobrenomes marcantes e destinos trágicos.

Não sabia desses detalhes quando ouviu a conversa dos três amigos no bar do Leblon, na bendita noite em que comemorou sua contratação pela agência. Mas nunca se esqueceu do que eles disseram sobre a ligação entre matar presidentes e ser evoluído, e sobre a humilhante inexistência de qualquer atentado de grande vulto em solo brasileiro. A frase "Presidente bom é presidente morto", dita naquela noite em tom de brincadeira, grudou-lhe na cabeça. Aliás, cabeça... Na de Lincoln e na de Kennedy, perfuradas à bala, começou a enxergar a do dono do circo de seu conto, perfurada à ideia.

José não fazia o gênero violento, longe disso. Tinha lá seus momentos de revolta, quem não os tem? Mas sublimava-os com maestria, descarregando o peso dos sentimentos amargos no papel, nas facas lançadas contra pacientes e compreensivas árvores, ou na simples falação disparada de si para si. Também adotara a masturbação diária como método de relaxamento, uma agradável terapia da qual participava seu seleto time de musas encabeçado por ninguém menos do que Gazela.

A redoma em que costumava preservá-la abriu-se em rachaduras luxuriosas com a proximidade do momento que o afligia, despindo-a da beatitude dos primeiros dias. Precisava ousar tudo antes da ousadia final.

A frase que deu forma ao "call to action" que ele julgava embutido em seu conto, por mais dura que soasse, era decorrência natural de um raciocínio bem estruturado. Esvaziada da violência ao pé da letra, propunha algo além do gesto extremo. Seu sentido era político, histórico, moral, apenas proposto de forma tão visceral, que chocava.

Isso era bom. Zequinha ouvira na agência que o primeiro valor que se deve buscar em comunicação é o impacto. Aplicou a regra a seu jeito, como lhe pareceu melhor. Certo ou errado, o que estava prestes a apresentar, dessa vez a um público bem maior do que os leitores do quadro de avisos do seu ex-emprego, era conciso, simples, memorável, ousado, contundente, e nunca havia sido feito antes. Todos os ingredientes de uma grande ideia estavam ali.

MATEM O PRESIDENTE.

Com as letras extraídas dos impressos trazidos da agência, numa montagem bem ao estilo das cartas de sequestradores, José produziu vários cartazes em que se lia a frase que nenhum brasileiro, até então, se atrevera a formular.

A mídia seria a orla da Zona Sul, num domingo estrategicamente escolhido. Assim como Ipanema tinha seu manifestador oficial expondo ideias aos passantes na altura da Vinicius de Moraes, o Leblon brevemente conheceria os painéis de E., na altura da Aristides Espínola, a rua que o destino lhe reservou.

VINTE

DOMINGO, CATORZE DE JANEIRO DE
DOIS MIL E SETE.

A noite de sábado foi péssima para Eduardo Gaudêncio da Rocha — o Dudu do Vidigal. Há muito não enfrentava um movimento tão fraco na venda de drogas. E o credor que o aguardava lá em cima do morro não tinha muita paciência com explicações. Queria o dinheiro na mão. Ponto. Nada de papo. E, se argumentasse muito, adeus, para virar tocha humana era um pulo.

Dudu sabia que a noite era decisiva. O trabuco que carregava enfiado na parte de trás das calças lembrava-lhe da pica que teria de entubar se não arrumasse a maldita grana.

Temia o nascer do sol como um vampiro de trajeto mal planejado, que se arrisca na rua longe de seu caixão protetor. Precisava fazer um ganho extra, urgente, antes que o domingo se estabelecesse na plenitude de sua claridade.

No prédio luxuoso da Delfim Moreira, só um apartamento está com a luz acesa. Linda, até sob o implacável desgrenhamento de quem acaba de desenterrar a cara do travesseiro, Gazela, solitária em sua majestosa suíte, separa as roupas que levará na bagagem.

Sob a luz indireta que emana do banheiro, somada ao facho diagonal do abajur, sua figura remete aos quadros de Vermeer. Um desperdício não haver ninguém ali para contemplar ou fotografar a displicente silhueta embalada na camisola de seda, cujas alças teimam em escorregar, revelando generosas porções de peitinhos.

Entre shorts, biquínis, calças, vestidos, saias, sapatos, tênis, meias e lingeries, ao sabor de reflexões sobre como vai estar o tempo, vai ter uso, vai caber e outros vais-ou-não-vais, seu pensamento vez por outra esbarra no marido. O que andaria ele fazendo àquelas horas? Dormia tranquilo? Comia alguma garota de programa? Chegava da farra? Tudo era possível. Se não bastasse a fama galinácea do consorte, sabia não haver nada mais propício para a infidelidade do que as viagens que ele inventava com um grupo de amigos, definidas como "men only".

Da família tradicional e repressora, herdara a filosofia da deglutição universal das desculpas maritais. Raramente protestava, sofria em silêncio. Apenas uma tentativa isolada de exaltação e algumas briguinhas pontuais, nenhum conflito digno de registro constava de seu currículo. Gazela era feita de porcelana, pele translúcida, alma de algodão, não sobreviveria a maiores solavancos. Foi preparada por seus pais para ser o que se tornou: uma dama da alta sociedade submissa a seu habitat natural, ex-bailarina clássica, ex-pianista clássica, ex-sonhadora, ex-autêntica, ex-pessoa capaz de viver livremente.

Precisava sair rapidamente daquele apartamento sufocante, abarrotado de desesperanças. Mais umas coisinhas cuidadosamente arrumadas e pediria ao motorista, que já a aguardava na garagem, para vir buscar a mala. Estava a caminho de um spa em Santa Catarina, onde seria paparicada, faria tratamentos para manter sua pele de pêssego, corrigiria pequenas distorções adiposas, e teria com quem falar sobre dietas e terapias estéticas, seus temas preferidos.

Sargento Alcindo estava com um pressentimento, algo estranho pairava no ar. Em sua habitual acordada para urinar no meio da noite, não resistiu à curiosidade de olhar pela janela e conferir se estava tudo calmo na casa do vizinho.

A luz da sala acesa em plena madrugada de domingo era um sinal indicando "perigo". Não conseguiu mais dormir. Ficou na espreita, tentando entender o significado das sombras que se moviam pelas frestas da porta principal.

Quando a porta abriu, agitou-se. O que faria aquele rapaz sair de casa tão cedo, com aquele volume grande nas mãos e uma parruda mochila nas costas? Vestiu-se com a velocidade aprendida nos quartéis, meteu a pistola na cintura, e partiu no encalço do vulto que descia o morro, disforme, por conta de sua carga incomum.

José nem se tocava da figura extravagante que de repente se tornara. Tudo bem com as coisas que carregava madrugada afora, mas os óculos escuros pousados em seu nariz eram non-sense total naquele breu que resistia à chegada do alvorecer. Não eram mais óculos; haviam se transformado em máscara. Um novo Zorro, com pitadas de James Bond, estava para entrar em cena. Seu plano: desestabilizar o presidencialismo.

A semana prometia. Presidentes dos mais importantes países latino-americanos estariam chegando ao Rio para a reunião de cúpula do Mercosul, que seria aberta solenemente pelo principal mandatário da nação na sexta-feira. Quando Zeca bateu os olhos na notícia de que tudo aquilo estava para acontecer dentro de seu alcance territorial, o jornal tremeu-lhe nas mãos. Sentiu-se convocado pelo destino para cumprir sua nobre missão. Mais do que isso, conseguiu finalmente compreender que raio de missão era aquela, e o raio era luminosíssimo, ensolarado, brilhante, como as ideias que resplandecem tão óbvias que custamos a crer que ninguém as tenha enxergado antes.

Os primeiros raios solares a se infiltrar na escuridão deixaram Dudu em pânico. Tinha de agir depressa.

Para José, o efeito era oposto. O tímido surgimento das manchas coloridas celestiais coincidia com uma onda de encorajamento nunca antes experimentada. A ansiedade que antecedera a madrugada se desvanecia junto com as trevas. Imaginava-se na situação do boxeador, apreensivo nos momentos que antecedem o combate, mas tomado de adrenalina e súbita autoconfiança ao soar do gongo.

Adilson Xavier

Fez questão de passar em frente ao prédio do Visconde e ficou feliz de vê-lo tão cedo já em ação. Acenou-lhe como de costume, recebendo sua resposta como a protetora bênção paterna, indispensável aos guerreiros que partem para o campo de batalha.

Até com a Dona do Billy teve a felicidade de cruzar, em seu passeio pré-matinal, provavelmente causado pelas insônias da terceira idade. Mais um bom presságio. Primeiro, o representante de Agenor. Depois, o representante de Baleia. Suas mais acalentadas lembranças do passado estavam ali para homenageá-lo, escoltá-lo talvez.

Escolta mesmo era o que, às escondidas, lhe fazia o sargento Alcindo. Fingindo admirar os esculturais troncos varicosos das árvores que margeiam o canal da Visconde de Albuquerque, aproveitava-se para usá-las como biombo. Tão tortuosos como as centenárias raízes, seus pensamentos tentavam encontrar a lógica do passeio aparentemente despreocupado, em horário tão inconveniente e com carga tão fora de propósito.

Menos sentido ainda fazia o trajeto. José tomava agora a Ataulfo de Paiva, que poderia ter sido alcançada muito antes, não tivesse ele passado duas vezes por sua esquina, desfilando diante do pelotão de árvores da avenida do canal. Seus passos determinados contrastavam com aquele jeitão de perda de rota. Tudo contrastava com tudo. Alcindo começou a achar que perdia seu tempo, mas seguiu em frente, dando mais distância ao suspeito para não ser percebido na nova área de deslocamento, menos dotada de abrigos naturais.

Gazela finalmente chegou à portaria do prédio. Seu vistoso Jaguar, com a bagagem previamente acomodada no porta-malas pelo motorista, já estava na rua, motor ligado, do jeito que ela gostava, sem ter de passar pelo ambiente deprê da garagem.

Chegou vaporosa como uma personagem de Scott Fitzgerald. Toda de branco e com um chapéu afrancesado, sua marca registrada. Lembrava um pouco a Daisy interpretada por Mia Farrow em *O grande Gatsby*.

Tanque vazio, que chato, precisavam abastecer. Detestava quando o motorista se esquecia de deixar tudo pronto de véspera, mas conteve a irritação. Estavam com bastante folga no horário e a expectativa da temporada zen que a esperava no spa antecipava seus efeitos.

O posto de gasolina ficava fora do caminho, nada além de uma voltinha extra no próprio bairro.

Chegaram em cinco minutos.

Durante o processo de alimentação da gulosa fera que a transportava, mais um transtorno: havia esquecido o celular. Impacientou-se e controlou-se de novo, respirou fundo e informou o chofer da necessidade de retornarem ao ponto de partida.

Dudu vem descendo a General San Martin como um felino em busca da caça. Observa atentamente o movimento nas portarias, escaneia carros, avalia riscos, mas cada minuto que passa faz afrouxarem seus critérios seletivos. No final da caminhada, não haverá complacência do chefão. Pagar sua cota é a única resposta aceitável. Reúne todas as forças possíveis, até as inaláveis, encalhadas no estoque particular e avidamente consumidas em plena via pública. Seus olhos vidrados denunciam o efeito da mercadoria.

José deixou a Ataulfo de Paiva, dobrando na sua querida Aristides Espínola. Vem cantarolando algo, em inglês, com um sorrisinho irônico: "Get back, get back, get back to where you once belonged."

Alguns metros atrás, Alcindo se detém em plena Esquina do Ridículo, o suficiente para perceber a ridícula situação em que se encontra. Desse mato, não sai coelho — imagina.

Lá vem um carrão pela San Martin, lanternas acesas e contornos suficientemente bafejados pelos primeiros raios matinais — Dudu observa arfante. A seta armada para a esquerda indica que vai dobrar na Aristides Espínola, em direção à praia. José acaba de alcançar essa esquina. Espera o carro passar antes de atravessar e esfrega os olhos certificando-se de que a princesa que ocupa o banco de trás não é uma miragem.

Não tinha a menor esperança de vê-la, especialmente a tão poucos metros de montar seu painel convocatório de assassinos presidenciais na Delfim Moreira. Sentiu um calafrio. Eram sinais excessivos, ninguém acreditaria numa história dessas.

Dudu pensa rápido. Belo carro importado nas mãos de um vetusto motorista, que, pelo porte físico e por ser apenas empregado, jamais reagiria a um assalto. A confirmação da não existência de seguranças em volta e de que a passageira não passa de uma figura quebradiça é tudo o que precisa. Não quer o carro, nem saberia dirigir um bicho hidramático daqueles. Só está interessado na grana e nas joias que vai arrebatar num estalar de dedos.

No olhar caçador que só lhe permite enxergar a presa, não cabem outros elementos, como o desajeitado cara de óculos escuros que está do outro lado da rua.

O Jaguar reduz a velocidade no cruzamento.

Quando Eduardo anuncia o assalto dando duas batidinhas com o cano da arma na janela do motorista, o tempo esgarça-se. Frações de segundo transformam-se em horas, um único minuto fica do tamanho de uma vida. Ao gritinho afetado da vítima, abafado pelo medo de ser entendido como reação, segue-se o grito encorpado de Zeca: "**Parado aí!**" É a primeira vez que sua voz soa como a de Agenor. Larga o que tem nas mãos, as bases do futuro painel, e parte pra cima do assaltante sem tempo de se desfazer da mochila. Em nenhum momento se pergunta se devia agir assim, nem por que está agindo assim. Simplesmente obedece a seus instintos, que naquela quase manhã estavam um tanto quanto embriagados de heroísmo.

Sem saber o que fazer, Gazela desmaia. O motorista, evangélico devoto, reza um Pai-Nosso tão rápido que poderia ter entrado para o *Guiness*, enquanto se encolhe no banco do carro analisando os prós e contras de fugir, sob o risco de ser fuzilado pelo assaltante, ou esperar, sob o risco de ser alvejado acidentalmente no tiroteio que acaba de se instaurar.

Dudu aciona o gatilho três vezes.

O primeiro tiro ricocheteia num poste perto de onde o sargento Alcindo se encontra. Vinha apertando o passo para acompanhar o repentino movimento anormal na esquina à sua frente, e foi logo recebido à bala.

O segundo tiro, endereçado ao tórax de José, não sai. Munição velha, coisa de bandido pobre. O terceiro tiro não é disparado por ele. Vem da arma, há muito tempo guardada no armário, do policial totalmente fora de forma, que ainda não consegue entender o que está acontecendo. Seus primeiros lampejos: fui descoberto, ele tem um comparsa, preciso reagir.

Avesso aos treinamentos, Alcindo Leitão superestima sua destreza e comete um erro de avaliação com potencial para destruir sua carreira. Aponta confiante na direção de Eduardo, que quase o havia atingido sem querer, embora o "sem querer" não estivesse claro para ninguém. Mas armas são como cavalos ariscos, testam quem tenta dominá-las, procuram ridicularizar quem lhes transmite insegurança, dão coices.

Zeca foi atingido embaixo da omoplata esquerda, bem em cima da alça da mochila, por um balaço calibre quarenta e cinco que lhe atravessou o corpo. Desequilibrou-se tanto que sequer notou que sua carga pendia somente do ombro direito. Interpretou o baque seco como um soco meio ardido, e quando começou a notar o sangue quente que escorria pelo peito, sentiu o segundo baque, fruto da terceira pressão do dedo indicador de Eduardo sobre o gatilho. Só um novo projétil vencido o impediria de acertar o alvo em tão curta distância. Direto na segunda costela direita.

Correndo e já tombando com inclinação para a esquerda por força do primeiro tiro, José completa a dinâmica de seu movimento ajudado pelo disparo do assaltante. Gira espetacularmente, a dois passos de completar a travessia da rua, estatelando-se com a cara no meio-fio. Dois de seus dentes abandonam-lhe a boca, deixando gengiva e lábio superior bastante avariados, rompe-se o septo, um corte amplo na testa completa o cenário de múltiplas fontes de sangramento. Os emblemáticos óculos escuros escapam-lhe do rosto, espatifando-se sob os pés de Dudu quando este avança para arrancar a mochila de suas costas. Não estava ali para perder a viagem, além do que tomar os bens de quem atrapalhou seu serviço era para ele um ato de justiça.

Ao perceber o breve afastamento do meliante, o motorista de Gazela sente-se autorizado pela divina providência a arrancar com o carro, pela primeira vez agradecendo aos céus a força do superdimensionado motor.

Privado de seu alvo prioritário, Eduardo sai em desabalada carreira pela General San Martin, onde, logo adiante, arrebata o carro guiado por uma jovem que, com os ouvidos encharcados de música alta, regressa de sua festa de formatura. Os pneus cantaram em sua homenagem quando partiram na direção de São Conrado.

Sargento Alcindo, que se abrigara atrás de uma árvore depois de um tombo cômico provocado pelo susto do terceiro tiro, perdeu todos os lances finais. Ao levantar os olhos, nada de Jaguar, nada de Dudu. Apenas o corpo inerte de José e os gritos da recém-formada recém-roubada.

Pegou o grande pacote largado na esquina, torcendo para encontrar algo comprometedor. Três painéis de isopor branco e cinco folhas de cartolina não eram exatamente as provas que imaginava. Chegou perto do corpo em decúbito ventral. Uma poça de sangue se alastrava, levando, entre outros pequenos detritos, dois dentes e alguns cacos de lente escura. Verificou o orifício de entrada da primeira bala, que sinalizava ter sido ele o felizardo a acertar o alvo errado antes que o alvo certo conseguisse fazê-lo.

Curiosos se aproximavam, a moça que perdeu o carro não parava de esbravejar e chorar. Alcindo não tinha mais nada a fazer ali, a não ser que quisesse se comprometer com aquele constrangedor acidente de trabalho.

Refeita do susto, meia hora e um copo d'água com açúcar depois, Gazela partia novamente para o aeroporto, onde conseguiu chegar a tempo de embarcar rumo ao spa que a livraria de todo aquele estresse.

Quando o Jaguar passou pela Visconde de Albuquerque cruzando com o final da San Martin, nem se arriscou a olhar para a direita, temendo deparar-se com algum vestígio dos acontecimentos recentes. Seu herói desconhecido jazia no mesmo lugar, com o rosto chafurdado numa viscosa lama sanguinolenta, e uma patrulhinha da PM ao lado, esperando a ambulância, que se recusou a chegar enquanto o sol não tivesse claramente proclamado que era domingo.

VINTE E UM

Viver é sempre dúvida; morrer é a única certeza. A frase, proferida por Agenor numa de suas tertúlias de botequim, saiu-se muito bem ao migrar do plano filosófico para o universo hospitalar.

Três paradas cardíacas, duas cirurgias delicadas, e nenhum médico se arriscava a fazer prognósticos sobre as chances do paciente que acendia e apagava na UTI como uma gambiarra de luzinhas natalinas. Entubado e monitorado até a alma, seu movimento mais constante era o tamborilar dos dedos, digitando uma história que lhe passava pela cabeça, rememorando músicas há muito arquivadas, ou não sendo nada além de um espasmo nervoso.

Perdera muito sangue. Várias lesões internas impediam o organismo de reagir à altura contra as investidas do ceifeiro macabro, as fraturas agulhavam, os medicamentos dopavam, vivia oscilando entre sonhos e flashes de realidade num estado delirante que, apesar do extremo desconforto, tinha algo de prazeroso. Via nas enfermeiras anjos celestiais ou virgens paradisíacas, que manuseavam suas intimidades, lhe davam banho com paninhos molhados e que ele podia bolinar mentalmente sem culpa, questão de reciprocidade. Ouvia nos equipamentos de monitoração sinfonias minimalistas que, embora monótonas, eram sua trilha sonora particular. Por alguns momentos, chegou a se enxergar como se fosse outra pessoa — muito doido isso — compreendendo melhor o sentido aparentemente inexistente de sua vida. Mas essa compreensão durou pouco, perdendo-se horas depois nos desvãos da inconsciência.

Passados treze dias e meio, quando, graças a um período mais amplo de consciência, teve plena noção do monumental desacontecimento que o deixara naquela situação de semimorto, nenhuma revolta o perturbou. Pelo contrário, sentiu-se estranhamente em paz, e repetiu para si mesmo: "Fiz o que tinha que ser feito."

Se soubesse as consequências de sua ação naquele memorável domingo, seu sorriso de dever cumprido seria bem mais largo do que o ostentado.

Na segunda-feira seguinte ao incidente na esquina de Aristides Espínola com General San Martin, um relatório secreto da Polícia Federal apontava preocupante indício de ação terrorista planejada por traficantes do Vidigal.

Há muito colecionavam sintomas de tentativa de politização das organizações criminosas atuantes nas favelas do Rio, mas nunca algo tão contundentemente explícito como uma convocação para matar o presidente. As faixas de papel compostas em vários tamanhos, e sempre com tipologia recortada de impressos diversos, não deixavam dúvida quanto à intenção de dificultar os trabalhos de investigação, procedimento típico em sequestros e outras ações criminosas que requerem planejamento cuidadoso. Ou seja, tudo indicava tratar-se de algo com grande poder de reverberação.

Anexo ao relatório, via-se cópia de um conto sugestivamente intitulado "O Atirador de Ideias", cuja assinatura abreviada "E." remetia naturalmente a Eduardo, o perigoso traficante Eduardo Gaudêncio da Rocha, vulgo Dudu do Vidigal, um dos homens a serviço de Luizão Capeta, chefão do crime naquela comunidade.

Vestígios ideológicos abundavam nas análises das quadrilhas dominantes nos morros cariocas. Inúmeros relatos de livros sobre revolução armada apreendidos nas favelas se acumulavam nos arquivos da polícia, assim como contínuas tentativas de vinculação da bandidagem brazuca aos autorrotulados revolucionários das FARC colombianas. O simples fato de chefes do tráfico assumirem o papel do Estado como detentores da segurança, juízes com poder de vida ou morte, e legisladores sem freios, dentro daqueles labirintos de carências múltiplas, era um tumor de preocupante malignidade, cujas metástases poderiam levar o governo a um colapso de repercussões incalculáveis.

A profusão de adjetivos e a dramaticidade do relatório deviam-se à excitação do capitão Diogo Bernardo com a descoberta de algo que, quanto maior parecesse, mais catapultaria sua carreira. Já se via recebendo medalhas, aumentos salariais, promoções e elogios os mais variados. Encontrar um assunto daqueles, exatamente na semana em que tantos chefes de Estado se reuniam no Rio, era quase ganhar na loteria, um passaporte para frequentar novas rodas e escalar posições mais elevadas do que os superpovoados acidentes sociogeográficos que se erguem em torno da Cidade Maravilhosa.

Imediatamente, os encarregados da segurança presidencial foram informados, assim como todo o aparato de proteção aos ilustres visitantes, desde agentes policiais até a equipe do cerimonial. Estava armado o salseiro.

Uma reunião de cúpula do partido governista foi secretamente convocada às pressas. Tão secretamente que nem o presidente tomou conhecimento.

— Nunca neste país um presidente sofreu um atentado.

— Imagina sofrer logo agora, com todos os outros presidentes nos visitando.

— Que vexame! Era só o que faltava. Querem nos desmoralizar internacionalmente.

— Pode ser uma oportunidade.

— Como assim?

— Aumentar nossa popularidade. O povo adora uma vítima.

— Vossa Excelência só pode estar brincando.

— Nunca falei tão sério. Seria um tiro saindo pela culatra, entende?

— Desde que o tiro não acerte o presidente.

— Nem nós.

— Pelo menos não de forma fatal.

— O presidente que não nos ouça, mas mesmo que o tiro seja fatal não é mau negócio, não. Nosso partido emplacaria o próximo presidente, fácil, fácil, montado no sentimento de indignação popular. Finalmente, teríamos nosso herói.

— Vossas Excelências enlouqueceram!

— Pelo contrário, estamos tentando ser racionais.

— E se não for um tiro? Pode ser uma bomba.

— Bem, neste caso, é melhor que nenhum de nós participe das comitivas do presidente nos próximos dias.

— Já imaginou que bombástico?

— Teríamos todos os pretextos do mundo para impor um regime de exceção, rasgar as leis. E o povo nos apoiaria.

— Aí é que está o problema.

— Como assim?

— A frase de incitação ao atentado diz "MATEM O PRESIDENTE". Os terroristas estão convocando o povo pra cometer o atentado.

— Absurdo!

— Se esse assunto vier a público, a situação pode ficar fora de controle. Teremos quase duzentos milhões de potenciais assassinos a nos ameaçar.

— Isso é tão maquiavélico que duvido que tenha surgido das cabeças estúpidas de nossos opositores.

— Não subestime os adversários, caro colega. Já leu o conto que foi encontrado junto com a palavra de ordem?

— Atirador de Ideias. Coisa desses intelectuais que nos infernizam. O povão não vai nem ler, quanto mais entender.

— É, mas "MATEM O PRESIDENTE" qualquer um entende.

— Por isso não podemos deixar que o assunto vaze. Nem conto, nem frase, nem nada do que estamos falando aqui. Aliás, essa reunião nunca aconteceu.

— Bem, já que a reunião não aconteceu, gostaria de propor uma alternativa extremamente delicada, que jamais proporia não fosse o elevado grau de confiança que nos une.

— Somos todos ouvidos.

— Seremos todos túmulos.

— E se nós organizássemos o atentado?

Fez-se aqui um longo minuto de silêncio, quebrado apenas por duas tossidas e quatro pigarreadas. Rostos enrubesceram, gargantas secaram, línguas umedeceram os lábios enquanto pensavam no que poderiam dizer diante de tão surpreendente proposta.

Como ninguém ousou tecer comentários, o próprio autor da ideia prosseguiu:

— Imaginem ter toda essa situação sob nosso domínio. Contratamos talvez o mesmo Eduardo que assina o conto, deve ser vaidoso, ambicioso. Orientamos nossa segurança para aniquilar qualquer um que ameace a vida do presidente, nada de prender. Assim, saberemos quando e onde a coisa vai acontecer, nos afastamos da linha de tiro e encomendamos de antemão a morte da única testemunha que poderia nos comprometer.

Ficamos com todos os benefícios de popularidade, culpamos a oposição e garantimos que nosso segredo morre junto com Eduardo.

— Mas... nós mesmos... matar nosso correligionário?

— Com um pouco de sorte, a bala pega no ombro, ou nem acerta nele, ou mata um dos seguranças que estão ali pra isso mesmo. Seria o melhor dos mundos: um atentado frustrado da oposição, que nosso partido competentemente conseguiu evitar e que nos autorizaria a fazer o que quiséssemos com as verbas públicas. A imprensa teria assunto de primeira página por muito tempo, nos daria um descanso, e se resolvesse nos perturbar seria sumariamente calada por algum decreto que lançaríamos em nome da segurança nacional.

— A imprensa.

— O quê?

— Se algo sai errado e esse plano cai na mão da imprensa, não quero nem pensar.

— Que plano? Eu não estou aqui. Tem alguém me vendo? Esta reunião nunca aconteceu, meu caro.

— Só que alguém vai ter que acertar as coisas com o tal Eduardo, orientar a segurança, fazer tudo acontecer dentro dos conformes.

— Eu já dei a ideia. Sou bom planejador, mas todos sabem que, como executor, sou um desastre.

— Pensem bem. Quem disse que o alvo é o nosso presidente?

— Do que Vossa Excelência está falando?

— "MATEM O PRESIDENTE" é genérico. Numa semana de visitas presidenciais, pode se referir a qualquer dos visitantes.

Não há documento sobre os debates e eventuais decisões dessa reunião. Oficialmente, sabe-se apenas que ela nunca aconteceu.

Por medida de segurança ou mera coincidência, na quinta-feira anterior ao grande encontro presidencial, o presidente da Venezuela, sem apresentar justificativa, deixou de comparecer à Assembleia Legislativa do Rio, onde seria homenageado. Um fato registrado *versus* inúmeras versões sem registro.

Na noite de quarta-feira, o sono dos moradores do Vidigal foi abalado por uma invasão de traficantes rivais. Insuflada e municiada pela polícia, a quadrilha invasora crivou de balas Luizão Capeta — uma delas o atingiu bem no meio da testa, como a lâmina do conto de José, ideia perdida disparada a esmo. Originalmente destinada a um presidente, acabou desviada para outro detentor de poder: um rei. Sobre um trono de pó. Sem nenhum traço da nobreza idealizada por Zeca.

Outros integrantes do bando tiveram o mesmo destino do chefe.

Dudu resistiu o mais que pôde. Lamentou a maldita hora em que decidiu trocar o emprego de office-boy por aquela vida sem futuro, enquanto tiros e gritos zumbiam em seus ouvidos.

Encurralado num beco, largou a arma e ergueu os braços, dando a seus algozes a oportunidade de esfaqueá-lo quinze vezes, antes de atear fogo a seu corpo. Chefe Luizão estava morto, mas o capeta continuava solto.

A pretexto de interromper a carnificina e impor ordem naquela barafunda de balas, granadas, chamas e gemidos, policiais cercaram o local, alimentaram por um par de horas a orquestra de tiros e deixaram uma brecha de fuga para os bandidos invasores.

Enquanto a tropa resgatava cadáveres, feridos e cinzas, capitão Diogo vasculhava os recantos possíveis em busca de reproduções de um conto e uma frase. A operação rendeu cinco mortos, sete feridos, quatro presos, vinte quilos de drogas, três fuzis, duas pistolas, três caixas de munição, uma granada, quatro faixas "Matem o Presidente" e dez contos "O Atirador de Ideias". As duas últimas apreensões da lista não foram apresentadas à imprensa e passaram imediatamente a integrar os arquivos secretos da segurança presidencial.

O oficial Diogo Bernardo não saiu em fotos, nem deu entrevistas. Atingiu seu objetivo de carreira, sendo promovido com louvores e a necessária discrição ao Serviço Especial de Inteligência, o pódio da Polícia Federal.

Na outra ponta da história, sargento Alcindo Leitão respirava agora um pouco mais aliviado.

Tendo entrado em pânico com a perspectiva da carreira destruída pelo tiro que acertou em Zeca, voltou à Chácara do Céu, vestiu um par de luvas de borracha e invadiu a casa de sua vítima.

Três horas depois, com o coração saindo pela boca, enterrou sua pistola o mais fundo e o mais no meio do mato possível, registrou com um delegado amigo o desaparecimento da arma como se houvesse ocorrido no sábado anterior ao fatídico disparo, e se enfiou em casa rezando para que ninguém se lembrasse de sua presença na cena que inaugurou aquela manhã dominical.

Reconhecida a origem do projétil que atravessou o tórax do rapaz, ninguém se preocupou em aprofundar questionamentos. A arma do policial havia sido furtada na véspera do evento, para todos os efeitos, pelo já defenestrado Dudu do Vidigal.

Que importava se os dois tiros tinham vindo de direções opostas e de armas distintas? A vítima era um zé-ninguém, desconhecido, irrelevante, sem parentes, namoradas ou amigos interessados em seu destino.

Nenhum problema com a Cúpula do Mercosul. O evento aconteceu sob certa tensão dos agentes de segurança, mas sem maiores transtornos. Os presidentes viajaram e se hospedaram bem, se reuniram como determinava o protocolo, fizeram típicas declarações presidenciais, tiraram fotos oficiais e extraoficiais sempre sorridentes, deram entrevistas fornidas de otimismo e autoconfiança, tudo conforme o previsto.

No sábado pós-Cúpula, quando os ilustres chefes de Estado retornavam às suas bases, um grupo de evangélicos em sua caridosa visita aos enfermos em hospitais contava com um membro dos menos assíduos.

Isaías Araújo Pereira, normalmente requisitado a trabalhar até nos fins de semana, purgava sua culpa pela não observação dos dias reservados ao serviço religioso ao mesmo tempo em que agradecia por recente graça recebida. Aproveitava a rara liberdade proporcionada pela viagem simultânea de seus dois exigentes patrões para levar consolo aos que sofriam a dor maior do abandono nos leitos hospitalares.

Passando em frente à UTI, setor que nenhum visitante estava autorizado a frequentar, uma espécie de escotilha encravada na porta permitiu aos olhos de Isaías vislumbrar o rosto deformado, inchado e desdentado de um homem estranhamente familiar. Sem noção da origem de tal familiaridade e acreditando tratar-se de algum antigo conhecido desbotado na memória pelo passar dos anos, perguntou a uma enfermeira sobre quem era e o que acontecera ao paciente da segunda cama à direita. Não foram necessários detalhes. A simples menção a um tiroteio na manhã do último domingo no Leblon bastou para que compreendesse de quem se tratava. Antes de se afastar da UTI, redigiu um bilhete para que fosse entregue ao tal paciente quando ele estivesse em condições de ler. No improvisado pedaço de papel, uma mensagem direta, sentida, telegráfica: "Obrigado por salvar minha vida. Deus o abençoe. Isaías."

A entrada do sargento Alcindo na casa de José trouxe-lhe uma sensação de inversão de papéis. Era policial e estava agindo como bandido. Por mais que se autojustificasse com a busca de algo incriminador contra o vizinho de quem já nem suspeitava tanto, levava no coração a certeza de que só estava tentando salvar sua querida pele.

Arrombar a porta foi o de menos. Um bom tranco de seu ombro musculoso contra a frágil superfície de madeira foi o suficiente e, embora o arrombamento fizesse barulho acima do imaginado, aparentemente nenhum tímpano humano captou-lhe o ruído. Um cachorro da vizinhança acusou a percepção de algo fora dos padrões, mas não foi além de uma única rajada de latidos.

Alcindo deslizou para dentro com a agilidade de uma serpente, fechou a porta às suas costas, sacou a lanterna que o acompanhava havia quase uma década e iniciou os trabalhos.

O primeiro objeto que identificou foi a faca tantas vezes atirada por José contra os troncos de pacíficas árvores. Possível indício de personalidade agressiva, pensou o policial, rememorando as ocasiões em que testemunhou os certeiros arremessos do investigado. Estava sobre a pia, bem lavada, purificada de toda maldade, muito mais talher do que arma.

Deteve-se diante da foto com Agenor, conferiu a coincidência de traços, calculou a diferença de idade e teve a certeza de que eram pai e filho. Nenhuma outra foto se apresentava no espartano cenário. Livros, sim.

Adilson Xavier

Bem mais do que faziam supor a humilde moradia e o perfil do morador. Agitou-se com a ideia de que alguma obra especialmente violenta ou subversiva pudesse levá-lo à conclusão que tanto almejava. Mas os títulos todos soavam inofensivos, e uma breve folheada em cada volume comprovou que faziam jus aos conteúdos. Alcindo jamais lera nada daquilo. Por um momento, perpassou-lhe um sentimento de inferioridade.

Muito cuidadosamente, vasculhou gavetas, armários e até a geladeira. Encontrou um caderno intitulado "Ideias", fonte de importantes revelações, como a de que o rapaz era dominado pela obsessão de ter ideias, fator que o levava a anotar lembretes algumas vezes incompreensíveis sobre temas majoritariamente irrelevantes e desconectados entre si. Por ser espiralado, o caderno não guardava vestígios das páginas arrancadas e queimadas por José, todas alusivas ao conto e à comprometedora frase de "call to action". Já que haviam encontrado um sentido na vida e se transfigurado em peças de comunicação, aquelas ideias eram como alunos que concluem um curso: estavam formadas. Não deviam, portanto, continuar morando no caderno, convivendo com pensamentos ainda verdes, sem previsão ou quaisquer sinais de aproveitamento.

Num canto bem escondido do guarda-roupa havia uma promissora caixa de papelão. Guardava uma folha de papel com um conto que tratava de um número de circo e que podia justificar a atração do rapaz pela prática do tiro à árvore com facas. Talvez pertencesse a uma família de artistas de circo, ou treinasse para se tornar um deles. Numa das muitas folhas de papel que estavam por baixo dessa primeira, evidenciava-se que a mania de atirar facas vinha da pura e simples admiração de José por um índio falsificado de um cirquinho de interior. Rir do ridículo de suas suspeitas foi inevitável. Cartas, fartas, abundantes, uma centena delas, todas carinhosamente dirigidas ao pai, mostravam que o sargento Alcindo tinha invadido a casa de um homem de bem, bom filho, de nível cultural razoável, que escrevia uma espécie de diário em forma de missivas. Enquanto lia uma a uma aquelas páginas cheias de relatos íntimos, perguntava-se por que Zeca não as tinha colocado no correio e contorcia-se ao lembrar que o alvejara pelas costas poucas horas antes.

VINTE E DOIS

"Para estar junto, não é preciso estar perto, e sim do lado de dentro."

LEONARDO DA VINCI

O rosto de Agenor estava emoldurado de paz. Repousava tão serenamente que todos falavam baixinho como se temessem acordá-lo. Era o respeito, a admiração.

O rosto de José estava desfigurado de dor. Lágrimas vertiam de uma fonte inesgotável contra a qual todos os esforços de contenção mostravam-se inúteis. Quase silenciosas, acompanhavam-nas discretos gemidos, retomadas de fôlego e esparsas inspirações de secreção nasal. Contagiados pelo sofrimento do rapaz, muitos outros olhos, especialmente os femininos, engrossavam a caudalosa demonstração do quanto significava a vida que ali se despedia.

Genivaldo parecia sinceramente compungido. Já não encarnava o vilão absoluto de outrora. Ao lado de dona Quitéria, que chorava como viúva, e de sua escadinha de filhas, que soava como um back vocal de carpideiras, o cruel concorrente se confundia com os amigos presentes ao velório, poluindo a autenticidade do elenco reunido em torno do pranteado personagem. Muitos desses amigos recordavam a sabedoria do falecido, repetiam suas frases, suas tiradas de mestre, e enalteciam sua capacidade de compreender as situações mais complexas, aconselhar com precisão e tomar as decisões mais acertadas. Dentre eles, Juvenal, o mais amigo de todos, era o que mais sofria, tanto pela perda do querido compadre quanto pela torturante dúvida sobre o acerto de sua derradeira decisão.

Dona Nerinha não estava lá. Apesar disso, era sentida por José como se montasse guarda bem ao lado do caixão. Para ela, Agenor morrera antes, no dia em que lhe comunicou a decisão de se transformar em lembrança. Fugindo de testemunhar o que não queria sequer imaginar, ela evaporou da cidade sem deixar vestígios. Mais uma perda irreparável para o desamparado rapaz. Do mesmo jeito misterioso que chegara, partira em direção a um futuro tão incerto quanto seu passado. Na bagagem, dores, amores frustrados, ideais, decepções e silêncios.

Foi a concordância de Agenor em vender seu boteco a Genivaldo que fez soar o alarme. Ninguém duvidava de que algo muito sério estava para acontecer, mesmo sem conhecer todos os dados do problema. Aliás, ninguém conhecia esses dados por completo, nem mesmo Juvenal, que era quem mais sabia de seus planos.

Tudo aconteceu de repente. Agenor empenhou-se em traçar rapidamente sua estratégia de ação, desde que os médicos da capital sentenciaram que sua vida restante deveria passar a ser contada em meses. A perspectiva mais otimista girava em torno de três anos e, mesmo assim, muito mal vividos, sob o constante açoite de inclementes sofrimentos.

Beirando os sessenta anos e pilotando um negócio que também estava acometido de doença fatal e incurável, a única fresta que se abria para o futuro de Agenor era Zeca. A imagem do filho como continuador genético, que de certo ângulo se traduz em imortalidade, não podia ser mais clara, concreta e convincente. Urgia protegê-lo, impulsioná-lo, ampliar suas possibilidades como nunca e para sempre.

Juvenal jamais se esqueceria da noite em que o impávido Agenor o chamou para uma conversa particular que começou com o seguinte petardo:

— **Cumpadre, chegou a hora de zerar minha vida. Semana que vem, esse boteco, que só dá dor de cabeça, vai ser de Genivaldo. Todo o dinheiro da venda fica com o Zeca pra ele tentar a sorte no Rio. Tu, meu melhor amigo e desde já merecedor de eterno agradecimento, fica encarregado de encaminhar o menino, na qualidade de segundo pai, que é o que se espera de um padrinho de verdade. Tudo isso porque daqui a quinze dias eu vou estar morto.**

Falou aquilo com a naturalidade de quem encomenda a carne para o churrasco do fim de semana. Juvenal ficou à espera do momento em que o velho amigo começaria a rir, revelando que era tudo brincadeira. O sutil efeito da doença na aparência de Agenor estava muito distante de despertar suspeitas de caso desenganado. Encarou o amigo com o sorriso engatilhado o mais que pôde, até se desfazer gradativamente numa expressão entre horrorizada e desconcertada.

Sem saber o que dizer, argumentou que os médicos não tinham o direito de se colocar como senhores da vida alheia. "Onde já se viu? Só Deus pode decidir essas coisas." Juvenal fez essa colocação religiosa complementar como prevenção contra a remotíssima hipótese de estar lidando, não com um prognostico médico exageradamente exato, mas com uma sugestão de eutanásia que se negava até mesmo a considerar imaginável.

Como resposta, não recebeu nada além de um sorriso enigmático.

Ficaram um longo tempo olhando para o chão, até se renderem à impossibilidade de articular qualquer novo pensamento naquela noite. Várias outras conversas se seguiram em dias e horários diversos como continuação da primeira. Na verdade, uma única conversa que, pela gravidade do tema, requeria intervalos de reflexão extremamente longos.

Com José, Agenor deixou para falar somente na véspera.

— **Filho, amanhã não vou tá aqui.**

— Vai viajar de novo, painho?

— **De um certo jeito, sim.**

— Pra Salvador?

— **Ehr... Salvador... isso.**

— Mas por que painho tá assim tão estranho?

— **É que dessa vez vai durar mais tempo, filho. E eu quero te pedir umas coisas.**

— O que painho quiser.

— **Primeiro, amanhã, tu vai procurar teu padrinho Juvenal e seguir tudo o que ele disser. Combinado?**

— Mas por que...

— **Combinado?**

— Tá bom. Combinado.

— **Depois, eu quero que tu me escreva sempre que sentir que precisa falar comigo.**

— Mas vai demorar tanto tempo assim?

— **Só me diz que vai escrever quando precisar. Mesmo que não tenha jeito de mandar carta.**

— Não entendo.

— **Um dia tu vai entender. Promete?**

— Prometo, prometo.

— **Bom garoto. Vou sentir muito a tua falta.**

A última frase saiu engasgada. Abraçaram-se e choraram um choro que lhes doía física e espiritualmente. O pai, sabendo porquê. O filho, intuindo, sem coragem de saber.

Matemática. Não era por acaso que José a detestava. A decisão de Agenor se devia, em grande parte, à matemática. Calculou o que ganharia com a venda do boteco *versus* o que seu filho teria a perder, o valor que obteria com a venda *versus* o quanto daquele valor seria dissipado por seu possível tratamento de saúde paliativo, o pouco tempo que ainda poderia viver *versus* o enorme horizonte que José tinha pela frente, o que o preço do boteco compraria de oportunidades para o rapaz numa cidade que, diferentemente daquele fim de mundo, tinha oportunidades a oferecer. Calculou até o incalculável, traduziu tudo na frieza dos números para poder pensar somente com a cabeça, vencer o peso emocional daquele momento. Faria de sua morte o lance final do projeto que desde a viuvez o mantinha vivo: alavancar a vida de seu único herdeiro.

Para aquele tema específico, o "um dia tu entende" tantas vezes prometido por Agenor foi logo o dia seguinte, quando ele simplesmente não acordou. Como nenhum sinal de morte provocada foi encontrado e a expressão facial do defunto, em lugar de dor, agonia ou qualquer desconforto, revelava traços de felicidade, toda a cidade concluiu que ele recebera algum sinal divino da abençoada morte com que seria premiado. Daí a exatidão de sua profecia. Um ínfimo percentual de incrédulos e maledicentes especulou que a negociação com Genivaldo teria incluído o uso do mesmo veneno com que este despachara dona Carola para o além. O fato é que, mesmo a maioria que abraçava a versão da morte natural — mais favorável à imagem impoluta do finado, poupando-o de indagações sobre suicídio que poderiam complicar sua entrevista com São Pedro —, de alguma forma culpava Genivaldo pelo desenrolar da tragédia. A imagem do novo monopolizador do comércio da cidade estava deteriorada para sempre.

Amparado em seu pranto pelo padrinho Juvenal, José entendeu de uma só vez todo o raciocínio paterno e culpou a matemática pelo pesadelo que começava a viver.

Negou até a exaustão ser beneficiado pelo excessivo altruísmo paterno. Ficaria na terra que já tragara o corpo de sua mãe e onde seu pai seria enterrado, cuidando do boteco da família cuja venda desfaria.

Mas, como sempre acontece, o tempo cumpriu seu papel. Depois da missa de um mês, com a cabeça mais arejada, Zeca foi convencido por Juvenal de que seu dever era cumprir a vontade de Agenor, ou todo o sacrifício daquele zeloso pai teria sido em vão.

VINTE E TRÊS

"Dentro de nós há multidões."

ROSA MONTERO

Levantou-se da cama com todos os seus personagens no colo. Pesava muito. Os pés tateavam o chão desabituados ao contato, arrastando-se em vez de caminhar, num deslocamento penoso, dificultado ainda mais pela cabeça que girava como um carrossel desgovernado. Ressuscitava aos poucos. Ou talvez se habituasse a estar morto, um ninguém abraçando sem medo o fantasma da inexistência. Consciência absoluta, somente a da própria inconsciência relativa. Esforçava-se loucamente para reviver os melhores momentos da vida que acabara de passar diante de seus olhos, ao mesmo tempo em que tentava se livrar da incômoda sensação de se sentir narrado por uma terceira pessoa, de se ver com a objetividade que normalmente só aplicamos aos outros.

Se já era estranho observar a si mesmo como um personagem, muito mais ainda era não concordar plenamente com todas as características desse personagem, e descobrir lacunas imperdoáveis em sua descrição, brincadeiras inesquecíveis da infância, o beijo roubado da filha mais velha de Genivaldo, um sem-número de cenas que ele jamais deixaria de fora daquela edição.

Ficara em coma não sabia por quanto tempo, certamente o bastante para enquadrar sua vida naqueles ângulos em que muitos truques se desvendam enquanto outros aumentam seu potencial de confusão.

Pensou no conto de que tanto se orgulhava. Começou a duvidar se era mesmo seu, ou uma obra coletiva, da qual teriam participado seus muitos influenciadores, entre escritores dos livros que lera e pessoas com quem cruzara no mundo real. Mas o que era real? As histórias que as pessoas contam sobre si? A imagem que cada um tem de si? Ou a imagem que os outros enxergam? Tudo era tão distorcido, controverso, fugidio, que nada podia ser rigorosamente digno de crédito. Agenor, por exemplo, que José vira ser trancafiado num caixão, baixado na sepultura e soterrado para sempre em solo baiano, seguia caminhando a seu lado pelas ruas do Leblon, mais vivo do que antes de morrer. Sorria matreiro diante da Aristides Espínola e o ajudava a esquadrinhar as prateleiras das livrarias em busca de referências escritas que o convencessem de que não havia partido, junto com o pai, desta para a melhor. Passou horas reconfortantes na livraria onde trabalhara por tantos anos. Não era tão bonita nem tão grande quanto imaginava (a imaginação usa uma lente de aumento como artifício para nos impressionar), nem

Adilson Xavier

estavam ali os rostos familiares que adoraria encontrar. Por onde andariam aquelas tão caras figuras?

Vasculhou uma a uma todas as opções de livrarias da Dias Ferreira, enveredou pela Ataulfo de Paiva e, quando deu por si, já estava em território ipanemense, também salpicado de excelentes templos da literatura.

Numa dessas varreduras de prateleiras, deparou-se com o mais famoso livro do Senhor da Boina, sobre um lugar que bem poderia ser o mesmo onde Zeca nasceu e cresceu. Lembrou-se da solenidade com que leu o livro e de como se sentiu por ter um autor de verdade em sua lista de personagens imaginários.

Muitos outros livros, reconhecidos ao longo de muito tempo de peregrinação e readaptação, o ajudaram a recompor os escombros da memória, alicerçada bem mais em palavras do que em imagens. Até que um dia seus olhos esbarraram num título tão perturbadoramente familiar que lhe bambeou os joelhos.

A visão daquelas palavras que ele julgava ter unido pela primeira vez, tão lindamente impressas na capa do livro, acabou reforçando as dúvidas que o atormentavam como assombrações perseverantes. Tamborilou com os dedos de ambas as mãos sobre as coxas. Instintiva atitude de solidariedade do membros superiores com os inferiores. Estava pronto para, a qualquer momento, auxiliar as pernas na tarefa de sustentar o corpo caso elas viessem a falhar.

O Atirador de Ideias. Não estava preparado para surpresa tão grande. Admirou aquela capa tanto quanto a placa de rua com seu nome na primeira vez em que a viu. Só que, diferentemente da placa, não era seu nome o que constava no livro. Quem o assinava era, à primeira vista, um estranho, que, com algum esforço de memória, começou a se revelar como o pseudônimo às avessas do seu idolatrado personagem: o Amante das Palavras.

Quando o colombiano Gabriel García Márquez, ao escrever seu primeiro livro, com apenas vinte e dois anos, declarou ter descoberto que todo bom romance devia ser uma transposição poética da realidade, ficou sacramentada a indissociabilidade entre prosa e poesia. Antes dele, o português Fernando Pessoa havia apresentado ao mundo a mais cristalina definição do que seria o poeta: um fingidor. Que por via indireta nos leva à realidade, fingindo "tão completamente que chega a fingir que é dor a dor que deveras sente".

Ambas as definições convergem para a conclusão de que poetas e escritores mentem para nos revelar a verdade. O que não é de se estranhar, já que todos nós sabemos que nossa realidade se ampara em muitas mentiras. Como distinguir uma coisa da outra, se tentamos enganar a nós mesmos e aos outros com disfarces que vão desde as mais complexas dissimulações de sentimentos até a compra da roupa mais folgada que nos esconde a barriga? Como saber o que somos, se nos transformamos em personagens cuja principal função parece ser a de atender às expectativas dos outros?

Fernando Pessoa valeu-se de heterônimos para manifestar a multiplicidade de si, como quem alerta os de-

Adilson Xavier

mais sobre a impossibilidade de ser um só num mundo em que desempenhamos tantos papéis. Por uma rota de raciocínio infinitamente menos rebuscada, José começava a entender a necessidade de ser múltiplo, e considerar a hipótese de ser a soma de vários outros ou — mais assustador — ser ele mera fração de outro maior.

Folheando o livro que devia ser seu, baseado no conto que acreditava ser seu e na vida que jurava ser sua, perguntou-se como era possível que tivesse nas mãos a obra de um personagem que ele mesmo criou. Àquela altura, começava a misturar o real com o imaginário e a desconfiar da existência concreta de vários de seus personagens, especialmente daquele que assinava o livro. Perguntou ao fundo de sua alma se a imaginação não seria o que temos de mais real.

Tantas foram as possibilidades rodopiando em sua mente que chegou a considerar ser ele o único elemento ficcional em toda essa história.

Irremediavelmente perdido, procurou concentrar-se em quem seria o "Atirador de Ideias", sua questão farol.

A primeira opção — óbvio — era ele, sozinho, ou apoiado por seu criativo heterônimo, o Amante das Palavras. Ou seria o Amante das Palavras apenas uma de suas ideias que estavam sendo lançadas sem alvo determinado?

Mas, se havia a possibilidade de o Amante das Palavras ser uma ideia, por que José também não o seria? Talvez estivesse aí a explicação para o estranho nome inventado por seu pai. Talvez o Atirador de Ideias fosse Agenor, que criou Espínola para ser lançado o mais longe que pudesse. Do interior da alma para a reflexão de muitos, do interior da Bahia para o coração do Rio, do interior de um livro para sabe-se lá onde se pode chegar.

Estaria enlouquecendo, ou experimentando um perturbador delírio de lucidez?

Lembrou-se do pai dizendo-lhe que ideias são bichos muito perigosos. E sentiu um medo deliciosamente inédito.

Mais confuso do que esclarecido, Zeca partiu acelerado para casa com o livro recém-adquirido debaixo do braço. Levava consigo a certeza de que pessoas comuns não existem, todas têm algo muito especial a contar, todas são protagonistas de seus enredos particulares, todas são a soma de todas as outras com quem convivem. É tudo uma questão de olhar a vida com olhos desprogramados, deixar o pensamento voar e perceber que acontecimentos ou desacontecimentos, não importa o tamanho que tenham, são e sempre serão invisivelmente grandes.

Chegou botando o coração pela boca, abriu a porta de casa estabanadamente, e, sem se preocupar em trancá-la, lançou-se ofegante sobre o velho caderno de ideias, como se disso dependesse sua vida. Imediatamente, começou a anotar umas coisas muito loucas que, em adiantado trabalho de parto, quase lhe escapavam da cabeça.

FIM

Obrigado, Nerinha.

BIBLIOGRAFIA

BRAVO, Revista. São Paulo: Editora Abril, janeiro 2008.

BUARQUE DE HOLANDA, Aurélio. *Dicionário da Língua Portuguesa*. Rio de Janeiro: Nova Fronteira, 1999.

GERSON, Brasil. *História das ruas do Rio*. 5ª ed. Rio de Janeiro: Lacerda Editores.

MÁRQUEZ, Gabriel García. *Cem anos de solidão*. 27ª ed. Rio de Janeiro: Record, 1967.

MÁRQUEZ, Gabriel García. *A revoada* (O enterro do diabo). 18ª ed. Rio de Janeiro: Record, 2007.

MONTERO, Rosa. *Paixões*. Rio de Janeiro: Ediouro, 1999.

NAVARRO, Fred. *Dicionário do Nordeste*. São Paulo: Estação Liberdade, 2004.

RAMOS, Graciliano. *Insônia* (conto "O Relógio do Hospital"). Rio de Janeiro: José Olympio, 1947.

RAMOS, Graciliano. *Vidas secas*. Rio de Janeiro: Record, 2003.

SARAMAGO, José. *A caverna*. São Paulo: Companhia das Letras, 2000.

TORRES, Antônio. *Essa terra*. Rio de Janeiro: Record, 2005.

Este livro foi composto na tipologia Legacy Serif ITC TT,
em corpo 12/15,3, e impresso em papel off-white $80g/m^2$
no Sistema Cameron da Divisão Gráfica
da Distribuidora Record.